国家古籍整理出版专项经费资助项目

○闲雅小品丛书○

主编 曹亚瑟

清白旧家风
——家训小品赏读

朱晓剑 注评

中州古籍出版社
·郑州·

图书在版编目(CIP)数据

清白旧家风：家训小品赏读 / 朱晓剑注评. —郑州：中州古籍出版社，2018.1（2023.6重印）
（闲雅小品丛书）
ISBN 978-7-5348-7438-3

Ⅰ.①清… Ⅱ.①朱… Ⅲ.①小品文–作品集–中国–古代 Ⅳ.①I262

中国版本图书馆CIP数据核字（2017）第269446号

QINGBAI JIU JIAFENG：JIAXUN XIAOPIN SHANGDU

清白旧家风：家训小品赏读

丛书策划	梁瑞霞
责任编辑	梁瑞霞
责任校对	王淑玲
装帧设计	知耕书房

出 版 社	中州古籍出版社（地址：郑州市郑东新区祥盛街27号6层 邮编：450016　电话：0371-65723280）
发行单位	河南省新华书店发行集团有限公司
承印单位	郑州印之星印务有限公司
开　　本	890 mm×1240 mm　A5
印　　张	7
字　　数	150千字
版　　次	2018年1月第1版
印　　次	2023年6月第3次印刷
定　　价	25.00元

本书如有印装质量问题，请联系出版社调换。

前言

　　家训，又称为家令、家法、家约、家规、家戒、家范、家仪、家则、庭训、庭诰、内训等。家风、家训在某种程度上是中国传统文化最为核心的部分，其主旨推崇忠孝节义，教导礼义廉耻。从古至今，有影响力的人多注重家训，其原因就在于能够为后世留下立身处事的方法论。

　　家训在通常意义上只是一种范式，而不是强制执行；倡导的不是一种交易关系，而是以身教带动言教。在多数时候，家训是就当下的社会环境而言，有着较强的针对性，如：强调做人要有格局有风范；针对社会流行的奢侈之风，会讲到节俭；对读书无用论，则强调读书的重要性；等等。同样，家训不是摆设，严格的家庭总会针对做不到的地方，给以相应的惩戒。但如果过于死板执行家训，而忽略掉了时代与语境的变通，就难以在以后的工作、生活中有创造性思维而趋于保守,这样一来,就难免使家庭走向衰亡。

从先秦到汉末,家训是非常丰富的,也为后世家训文化奠定了基础;到魏晋六朝,家训如雨后春笋般蓬勃兴起。考察中国的家训史,不难发现,"修身、齐家、治国、平天下"是家教的终极目标,而家训所起到的作用,恰如司马光所言,"凡为家长,必谨守礼法,以御群子弟及家众"。这种以身作则的方式,不仅具有示范作用,也更容易起到警示的功效。这种家庭教育多数是以儒家思想为核心的传统文化体现。有趣的是,在讨论儒家文化与现代社会意识时,不少学者认为,两者虽然有很多的结合点,但如果以传统的儒家文化替代现代社会意识,就本末倒置了。其原因是,儒家文化虽也与时俱进,毕竟与现代文明有着距离。因此,对于古代家训,我们要取其精华,弃其糟粕。

在古代教育中,家庭是与学校、社会并列的三大教育体系之一。今天如何进行家庭教育?这事关家庭的未来,也与社会的发展休戚相关。古人所提供的家训,在今天之所以还有借鉴价值,就在于对照古人的家教方式,我们不难发现,今天的一些家庭的教育还欠缺很多。当然,我们从中汲取的营养是为了家庭的未来着想,但就其方法而言,也还有可供借鉴的地方。

在这本家训小品中,就家庭教育的各个方面进行了分类整理,大致分为四个章节。其一是志存高远。着重谈教育孩子有志向有才能,这事关一个人的未来人生格局,古今成大事者常常是有大格局大境界。其二是德善传家。德善是做人的根本。做事首先存良善之心，一旦突破了德善的底线，就有可能使人生走向反面。其三是大家风范。范是通常所说的"范儿"，风范也即风骨。人之所以受人尊敬，就在于其做事有风范，坚持正确的道路和理念。其四是学海无涯。吾生有涯，而知无涯，不断学习是一个人一生的必修课。

无疑，家庭教育是见仁见智的话题。传统文化中所倡导的家风、乡贤等观念在今天也很流行，但究其根本，我们不是要复古一种家庭教育方式，而是在传承家训文化中，继承并发展它，使家训成为新时代的家庭教育范本。本书中的某些学术观点，是作者经过考证和研究而提出的见解，尽管是一家之谈，也是着眼于家庭教育在今天的普适性。在这里，要特别感谢成都文学院在写作过程中所给予的无私支持。由于作者的水平有限，书中难免存在粗疏或不妥之处，诚恳地期待读者诸君批评指正。

朱晓剑

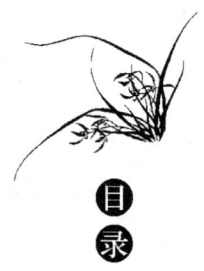

目录

卷一　志存高远

姬　旦	诫伯禽 ……………………………………	3
司马谈	命子迁 ……………………………………	6
东方朔	诫子书 ……………………………………	9
诸葛亮	诫子书 ……………………………………	11
	诫外甥书 …………………………………	13
嵇　康	家诫（节选）……………………………	15
《新唐书》	训诸子 …………………………………	17
《宋史》	训诸子 ……………………………………	19
谢良佐	遗训 ………………………………………	21
胡安国	与子寅书 …………………………………	23
王阳明	赣州书示四侄正思等 ……………………	26
杨继盛	谕应尾、应箕两儿（节选）……………	29
高攀龙	家训（节选）……………………………	31

沈守正　示儿 ································ 34

王夫之　示子侄 ······························ 36

卷二　德善传家

欧阳地余　诫子 ······························ 41

《汉书》　勤俭传子孙 ·························· 43

张　奂　诫兄子书 ······························ 45

曹　操　诸儿令 ································ 47
　　　　遗令（节选） ·························· 49

《三国志》　教子不要趋炎附势 ·················· 51

《晋书》　诫子弟言 ···························· 53

源　贺　遗令诸子 ······························ 55

徐　勉　诫子崧（节选） ························ 57

颜之推　教子（节选） ·························· 60

《南齐书》　诫子廉、子恪等 ···················· 63

《袁氏世范》　答子问 ·························· 65

《隋书》　谓子言 ······························ 67

《戒子通录》　诫皇属 ·························· 69

柳　玭　诫子弟 ································ 71

王　旦　诫子弟 ································ 75

包　拯　家训 ·································· 77

欧阳修　与十二侄 ······························ 79

司马光　训俭示康 ······························ 81

	教子以义方 …………………………	86
范纯仁	诫子弟言 ……………………………	88
贾昌朝	诫子孙（节选）……………………	90
赵　鼎	廉勤为本 ……………………………	92
陆　游	贪求自息 ……………………………	94
崔　铣	记王忠肃公翱二事 …………………	96
史桂芳	家书 …………………………………	98
朱柏庐	治家格言（节选）…………………	100
张履祥	示儿 …………………………………	102
郑板桥	潍县署中与舍弟墨第二书（节选）…	104
纪　昀	寄内子 ………………………………	106
林则徐	训次儿聪彝 …………………………	108

卷三　大家风范

《论语》	教子学《诗》、学《礼》 ………	113
《韩非子》	教子勿欺 …………………	115
《列女传》	教子勿贪 …………………	117
马　援	诫兄子严敦书 ………………………	119
蔡　邕	女训（节选）………………………	122
郑　玄	诫子书 ………………………………	124
《三国志》	教子避嫌 …………………	127
《晋书》	诫皇甫谧 ……………………	129
	封鲊教子 ……………………………	131
朱仁轨	诲弟子言 ……………………………	133

《新唐书》 教子学古今家诫 …………… 134

李　勣　以古为镜 …………………… 136

元　稹　诲侄等书 …………………… 138

《戒子通录》 诫公主 ………………… 141

范仲淹　告诸子及弟侄 ……………… 143

朱　熹　与长子受之（节选）………… 146

袁　采　父母多爱幼子 ……………… 148

家　颐　教子语 ……………………… 150

霍　韬　家训（节选）………………… 152

庞尚鹏　以礼待下 …………………… 155

褚人获　示儿书 ……………………… 157

徐　媛　训子 ………………………… 160

张履祥　训子语（节选）……………… 162

温　璜　忠信传家 …………………… 164

吴汝纶　谕儿书（节选）……………… 166

卷四　学海无涯

《列女传》 断织教子 ………………… 171

刘　邦　手敕太子 …………………… 173

孔　臧　与子琳书 …………………… 175

王　修　诫子书 ……………………… 177

王　褒　幼训（节选）………………… 179

萧　纲　诫当阳公大心书 …………… 181

《金史》 与王若虚论文 …………… 183

欧阳修 诲学说 …………………… 185

张居正 示季子懋修书 …………… 187

李 翊 训子语 …………………… 191

爱新觉罗·玄烨 庭训格言（节选）………… 193

郑板桥 再谕麟儿 ………………… 195

方 苞 壬子七月示道希 ………… 197

彭端淑 为学一首示子侄 ………… 200

蒋士铨 鸣机夜课图记（节选）…… 202

左宗棠 致霖儿 …………………… 205

卷一

志存高远

诫伯禽① 姬 旦②

去矣！子其无以鲁国骄士矣。我，文王之子也，武王之弟也，今王之叔父也；又相天子，吾于天下亦不轻矣。然尝一沐而三握发，一食而三吐哺，犹恐失天下之士。吾闻之曰：德行广大而守以恭者荣，土地博裕而守以俭者安，禄位尊盛而守以卑者贵，人众兵强而守以畏者胜，聪明睿智而守以愚者益，博闻多记而守以浅者广：此六守者，皆谦德也。夫贵为天子，富有四海，不谦者先天下亡其身，桀纣③是也，可不慎乎！故《易》曰：有一道，大足以守天下，中足以守国家，小足以守其身，谦之谓也。"夫天道毁满而益谦，地道变满而流谦，鬼神害满而福谦，人道恶满而好谦。"是以衣成则缺衽，宫成则缺隅，屋成则加错；示不成者，天道然也。《易》曰："谦亨，君子有终吉。"④《诗》曰："汤降不迟，圣敬日跻。"⑤

其戒之哉！子其无以鲁国骄士矣。

《说苑》

【注释】

①《诫伯禽》又称《诫伯禽书》，是中国第一篇家训。周成王亲政后，将鲁地封给周公之子伯禽，周公对儿子做出告诫。周公对

儿子的谆谆教诲,可谓用心良苦。伯禽没有辜负父亲的期望,没过几年就把鲁国治理成民风淳朴、务本重农、崇教敬学的礼仪之邦。有道是"周公吐哺,天下归心"。本篇选自刘向所编《说苑》。《说苑》,古代杂史小说集。记述先秦至汉代的遗闻轶事,其中以记述诸子言行为主,不少篇章中有关于治国安民、家国兴亡的哲理格言。主要体现了儒家的哲学思想、政治理想以及伦理观念。

②姬旦,亦称叔旦、周公,周文王姬昌第四子。因封地在周(今陕西岐山北),故称周公或周公旦。是西周初期杰出的政治家、军事家和思想家,被尊为儒学奠基人,是孔子一生最崇敬的古代圣人之一。

③桀:夏朝末代君主,荒淫暴政,导致了夏朝的灭亡。纣:商(殷)朝末代君主,荒淫暴政,导致了商朝的灭亡。

④谦亨,君子有终吉:出自《周易·谦》,大意谓:君子谦虚,大吉大利。

⑤汤降不迟,圣敬日跻:出自《诗经·商颂·长发》,大意谓:商汤谦敬,日日进步。

【赏读】

周代从商朝承继而来,对于商朝末年的状况,周公再清楚不过,因之,其所追求的远大理想是"天下归心",此等志向即范仲淹所说的"先天下之忧而忧,后天下之乐而乐"。在这篇家训中,周公说要做到"六守":德行广大却恭敬待人,就会得到荣耀;土地宽裕却克勤克俭,就没有危险;禄位尊盛却谦卑自守,就能常保富贵;人众兵强却心怀敬畏,就能常胜不败;聪明睿智却总认为自己愚钝无知,就是明哲之士;博闻强记却自觉浅陋,那是真正的聪明。做到了这些就容易将人生的路越走越宽广。

周公在担任摄政王时,完善了宗法制度、分封制、嫡长子继承法和井田制。七年后归政于周成王，为周朝八百年的基业奠定了基础。周公对伯禽的嘱托，不仅仅是父亲对儿子的劝诫，还包含了对人情世故的洞察。周公在为人做事上，可以说是"六守"的实践者，所以在与商朝的抗争中，周朝才取得最后的胜利。

在这篇家训中，周公以商纣时代作为代表来阐述自己的家国大局观，承继周家优良政治传统，戒骄奢放纵，勤政爱民，显示出其超人的才智。伯禽没有辜负父亲的期望，把鲁国治理成民风淳朴、务本重农、崇教敬学的礼仪之邦。《诫伯禽》作为中国最早的家训，也影响着中国后世的家训观念。

命子迁① 司马谈②

余先周室之太史也。自上世尝显功名于虞夏,典天官事③。后世中衰,绝于予乎?汝复为太史,则续吾祖矣。今天子接千岁之统,封泰山④,而余不得从行,是命也夫,命也夫!余死,汝必为太史;为太史,无忘吾所欲论著矣。且夫孝始于事亲,中于事君,终于立身。扬名于后世,以显父母,此孝之大者。夫天下称诵周公,言其能论歌文武之德⑤,宣周召之风,达太王、王季之思虑,爰及公刘,以尊后稷⑥也。幽厉⑦之后,王道缺,礼乐衰,孔子修旧起废,论诗书,作春秋,则学者至今则之。自获麟以来四百有余岁,而诸侯相兼,史记放绝。今汉兴,海内一统,明主贤君忠臣死义之士,余为太史而弗论载,废天下之史文,余甚惧焉,汝其念哉!

《史记》

【注释】

①本篇选自司马迁的《史记·太史公自序》,是其父司马谈在临终前对他的嘱托。司马谈希望自己死后,司马迁能继承他的事业,不要忘记撰写史书,并认为这是"大孝"。司马迁不负父亲之命训,最终写出被誉为"史家之绝唱,无韵之离骚"的《史记》,名垂青史。迁,即司马迁(前145~?),字子长,夏阳(今陕西韩城南)人。西汉伟大的史学家、文学家、思想家,著有《史记》。

②司马谈:司马迁之父,汉武帝时任太史令。

③天官:"天官冢宰"的简称。《周礼》分设六官,称冢宰为天官,为百官之长。

④封泰山:战国时齐鲁儒士认为五岳中泰山最高,帝王应到泰山祭祀。在泰山上筑土为坛祭天称封,在泰山下的梁父山上辟场祭地称禅。

⑤文武之德:周文王、周武王的功德。周文王,姓姬名昌,季历之子,西周奠基人。周武王,即姬发,周文王次子。二人开创了周朝。

⑥后稷:周的始祖。公刘,相传为后稷的曾孙。

⑦幽厉:指周幽王、周厉王,前者为历史上有名的昏君,后者则为暴君。说"幽厉",而不说"厉幽",旨在强调幽王亡国的历史教训。

【赏读】

这篇家训是谈史书的书写问题。司马谈在任太史令时,立志撰写一部通史,以树王道、兴礼乐,使明主贤君忠臣死义之士、海内一统的伟大时代得以留传后世。他接触到大量的图书文献,广泛地涉猎了各种资料。然而,在武帝元封元年(前110),他身染重疾,弥留之际,他嘱托司马迁一定得写出流传千古的史书。他希望儿子能继承他的遗志,"扬名于后世,以显父母"。无疑,司马谈的遗训对司马迁以后写作《史记》起到了非常重要的作用。司马迁遭腐刑后,之所以忍辱苟活,其根本原因就是为了完成父亲交给他的这一伟大的事业。他"究天人之际,通古今之变",而"成一家之言",写出了被称为"史家之绝唱,无韵之离骚"的纪传体通史《史记》。

司马谈在这篇遗训中,首先,述祖上之德,对于儿子能够复为太史,承继祖业甚感欣慰。其次,表著史之志,嘱咤儿子"无忘吾所欲论著"。再次,称周、孔之功,同时表达自己身为太史而未能著史的遗憾。这遗憾不能再在司马迁的身上留下了。司马迁是没有辜负时代和父亲的,《史记》开创了中国历史书写的新模式,他被后世尊称为"史迁""史圣"。

诫子书^①　东方朔

明者处事，莫尚于中，优哉游哉，与道相从。首阳^②为拙，柳惠^③为工。饱食安步，在仕代农。依隐玩世^④，诡时不逢。是故才尽者身危，好名者得华；有群者累生，孤贵者失和；遗余者不匮，自尽者无多。圣人之道，一龙一蛇^⑤，形见神藏，与物变化，随时之宜，无有常家。

《全汉文》

【注释】

①本篇是西汉东方朔的一则家训。东方朔（前154～前93），字曼倩，平原郡厌次县（今山东陵县东北）人，西汉时期著名的文学家。东方朔一生著述甚丰，有《答客难》《非有先生论》等名篇。亦有后人假托其名作文。明人张溥汇为《东方太中集》。

②首阳：代指"义不食周粟，隐于首阳山"的伯夷、叔齐。《史记·伯夷列传》："武王已平殷乱，天下宗周，而伯夷、叔齐耻之，义不食周粟，隐于首阳山，采薇而食之。"

③柳惠：即柳下惠（前720～前621），展氏，名获，字禽，一字季，春秋时期鲁国柳下邑（今山东平阴）人，"惠"是他的谥号，所以后人称他为"柳下惠"。有时也称"柳下季"。他担任过鲁国大夫，后来隐遁，成为"逸民"。

④依隐：若即若离。玩世，轻蔑世事。

⑤一龙一蛇：出自《庄子·山木》："无誉无訾，一龙一蛇，与

时俱化。"比喻时隐时现，变化莫测。

【赏读】

作为东方智者，东方朔的一生可谓是智慧的代言。在《诫子书》中，不难发现东方朔对人生、对仕途的认识是深刻而准确的。在中国传统社会当中，尤其是在朝代更替的年代里，如何保全性命、远灾避祸是人们时常深入思考和接受考验的重大问题。皮之不存，毛将焉附？假若丢了性命，何谈荣华富贵、儿女财产。东方朔对人生的感悟是深刻的，他把自己一生的经验通过这篇文章传给儿子，同时也传给后人。

东方朔认为，容身避害的根本原则是随时变化。这与赵高劝李斯之言极为相似："盖闻圣人迁徙无常，就变而从时……安有常法哉？"正如明代的张溥称赞东方朔说："诫子一诗，义包道、德两篇，其藏身之智俱在焉，而世皆不知。"

东方朔所传授的"智"是生存之道。从中我们可以感悟到世事沧桑，但唯一不变的就是有智者得生存。后世哲学家常常认为，这些经验是跟东方朔的长期未受重用有关，实则是东方朔在汉武帝时代，谈笑取乐，借以建言，但已是窥视到人世的变迁与无常，与其在乎名利场上的你争我夺，不如平淡过一生。

诫子书① 诸葛亮②

夫君子之行,静以修身,俭以养德。非澹泊③无以明志,非宁静无以致远。夫学须静也,才须学也,非学无以广才,非志无以成学。慆慢④则不能励精,险躁则不能冶性。年与时驰,意与日去,遂成枯落,多不接世,悲守穷庐,将复何及!

《诸葛亮集》

【注释】

①这是三国时期政治家诸葛亮临终前写给他儿子诸葛瞻的一封家书,将普天下为人父者的爱子之情表达得非常深切,成为后世历代学子修身立志的名篇。

②诸葛亮(181~234):字孔明,琅邪阳都(今山东沂南)人。三国时期蜀汉丞相,杰出的政治家、军事家。死后追谥忠武侯。有《诸葛亮集》行世。

③澹泊:也写作"淡泊",内心恬淡,不慕名利。

④慆慢:怠惰散漫。

【赏读】

作为蜀汉丞相,诸葛亮日理万机,但也很重视对子辈的教育。这是一位父亲对儿子的谆谆教诲,也是中国优秀人文传统的精华萃取。

这篇《诫子书》是写给七岁儿子诸葛瞻的,文简意赅。"静以修身,俭以养德"是诸葛亮所要表达的核心价值。这个"静"既包括心境宁静,又包括不慕名利,要想具备好的品德,就要甘于寂寞,淡泊名利,像颜回那样"一箪食,一瓢饮,在陋巷,人不堪其忧,回也不改其乐",否则就会老大无成,"悲守穷庐"。只有做到"静",才可能有所成就,而联结"静"与"成就"的桥梁就是发愤学习。唯有发愤学习,才能增广知识,才能为世所用。诸葛亮从才、学、志三方面来论证成才的必要性,同时还用优美而形象的语言描述了"慆慢""险躁"将要导致的可悲后果,实在是精妙之论。

我们通读这篇家训,不难发现,它可以看作是诸葛亮对其一生的总结,是修身立志的名篇,包含了贴近实际、经世致用的深刻道理。所以后世常常把诸葛亮作为智慧的象征,这篇家训则历来受到人们的重视和借鉴。而"澹泊以明志,宁静以致远"成为流传千古的名句佳言。

诫外甥书① 诸葛亮

夫志当存高远,慕先贤,绝情欲,弃凝滞②,使庶几③之志,揭然④有所存,恻然有所感;忍屈伸,去细碎,广咨问,除嫌吝,虽有淹留⑤,何损于美趣,何患于不济。若志不强毅,意不慷慨,徒碌碌滞于俗,默默束于情,永窜伏于凡庸,不免于下流矣!

《诸葛亮集》

【注释】

①诸葛亮二姐的儿子叫庞涣,本篇就是写给他的劝诫。诸葛亮在这封信中,教导他该如何立志、修身、成材。庞涣,字世文,曾官至郡太守。

②凝滞:疑难而不通晓。

③庶几:好学而可以成才的人。王充《论衡·别通》:"夫孔子之门,讲习五经,五经皆悉,庶几之才也。"

④揭然:显露的样子。

⑤淹留:停留、受挫。这里指德才不显于世。

【赏读】

立志,是古代家训中最为常见的内容之一。诸葛亮的这篇家训的核心内容是树立志向,而且要"志当存高远"。在文章中,诸葛亮从正反两方面阐述了立大志和"志不强毅"所必然会有的不同结果：有了大志，即使不能显德于世，对个人的美德也毫无损害，他是真正的有志者，更何况是"有志者，事竟成"；如果不立志或志向不坚强弘毅，必然没有成就。那么，为什么人的志向"不强毅"呢？那是由于他被世俗的权势、利禄、享乐所牵累、束缚。这是诸葛亮一生为人的总结。他的告诫具有极大的借鉴价值。

诸葛亮是以政治名世，其家训思想也呈现出应有的人文情怀。在这篇家训中，诸葛亮阐述了"立志做人"的重要性，也指明了如何才能使志向成为现实的方法。这让人想起曾国藩在家训中也曾教育子女要"有志、有识、有恒"，此与诸葛亮的说法相近，看来在古今教育上也是英雄所见略同的。

家诫①（节选） 嵇 康②

人无志，非人也。但君子用心，所欲准行，自当量其善者，必拟议而后动，若志之所之，则口与心誓，守死无二。耻躬不逮，期于必济。若心疲体解，或牵于外物，或累于内欲；不堪近患，不忍小情，则议于去就。议于去就，则二心交争。二心交争，则向所以见役之情胜矣。或有中道而废，或有不成一篑而败。以之守则不固，以之攻则怯弱。与之誓则多违，与之谋则善泄。临乐则肆情，处逸则极意。故虽繁华熠燿，无结秀之勋；终年之勤，无一旦之功。斯君子所以叹息也。若夫申胥之长吟，夷、齐之全洁，展季之执信，苏武之守节，可谓固矣③。故以无心守之安，而体之，若自然也。乃是守志之盛者也。

《全三国文》

【注释】

①本篇是嵇康写给儿子嵇绍的一封书信，后世整理嵇康著作的学者们将这封书信取名为《家诫》。

②嵇康（223~262）：字叔夜。谯郡铚（今安徽濉溪西南）人。三国魏著名思想家、音乐家、文学家。正始末年与阮籍等竹林名士共倡玄学新风，为"竹林七贤"的精神领袖。

③申胥：即申包胥，春秋时楚国大夫。姓公孙，封于申。夷、齐，殷末隐士伯夷、叔齐。展季：指春秋时鲁国大夫柳下惠。苏武：

西汉大臣,字子卿,杜陵(今陕西西安东南)人,以尽忠守节而知名。

【赏读】

我们读魏晋文字,总觉得有风度在,但其中又有些矛盾处,可见为人处世还是极其复杂的事。

在这篇节选的家训中,谈立志守志问题。嵇康提出君子应当立志,进而守志,"耻躬不逮,期于必济"。他又从反面论述无志及"心疲体解"的诸种缘由和表现,以及它们功败垂成的后果。为了具有说服力,他还举出几位古代著名人物的案例,认为申包胥、伯夷和叔齐、柳下惠、苏武是固守志向的范例,告诫子弟们以他们为榜样,成就事业,成为真正的君子。嵇康这样写入家训,且正反论证以教诲子弟的案例并不多见。

嵇康在现实生活中是高傲的人。鲁迅曾在《魏晋风度及文章与药及酒之关系》中说:"批评一个人的言论实在难,社会上对于儿子不像父亲,称为'不肖',以为是坏事,殊不知世上正有不愿意他的儿子像自己的父亲哩。试看阮籍、嵇康就是如此。这是因为他们生于乱世,不得已,才有这样的行为,并非他们的本态。但又于此可见魏晋的破坏礼教者,实在是相信礼教到固执之极的。"鲁迅这话真是说到点子上了。

训诸子^①　《新唐书》

宁^②居家严,事寡姊恭甚。尝撰家令训诸子,人一通。又戒曰:"君子之事亲,养志^③为大,吾志直道而已。苟枉而道^④,三牲五鼎^⑤非吾养也。"疾病不尝药,时称知命。

《新唐书》

【注释】

①本篇记唐朝穆宁训诸子事。

②宁:指穆宁(716~794),河内(今河南沁阳)人。唐朝著名大臣。曾任殿中侍御史等职,穆宁性刚直,有气节,教子甚严。

③养志:培养不慕荣利的志向。语见《庄子·让王》:"故养志者忘形,养形者忘利。"

④枉道:不用正道以求容取媚。《论语·微子》:"枉道而事人,何必去父母之邦!"

⑤三牲五鼎:原指祭品丰盛,后形容食物极为丰富。

【赏读】

唐朝大臣穆宁为人正直,家教很严,让儿子从小熟读礼法,要求儿女一言一行不可失礼。他和同时代的韩休都以家教严格出名,故形容有家教的人家称"韩穆二门"。

家教在于言传身教。这一点大概古今的教育家都认可。"君子之事亲,养志为大,吾志直道而已。""志"乃行动的动力和节制力，穆宁所重视的正在于此。社会风气可谓是社会文明的晴雨表。纵观唐代的不少人物的言行举止，多有大国气象。这是因当时的名臣重臣在现实生活中常常起到很好的表率作用，如此就不难造就大国民。不过，到了晚唐就难以看到这种气象了。

词人李清照说，"枕上诗书闲处好，门前风景雨来佳"，大概穆宁是不赞同这样"颓废"的生活方式的。家庭教育常常是免不了功利的一面，若是只看见功利，看不到家庭教育的个性化，恐怕也是"只缘身在此山中，不识庐山真面目"了吧。像穆宁这样的要求，是有道理的。毕竟大多数人并不是身处金字塔塔顶上的精英，只可能平淡地过一生。

读《训诸子》，我们可以感到有一种隐约的忧虑在。当时的上层社会风气糜烂，他很担心子女也沾染上如此习气，自然在教育问题上就要求多多。我们从这个家训上看到唐代之所以成为伟大的时代，是有着这样诸多优秀的大臣缘故。

训诸子① 《宋史》

公一日退朝,谓诸子曰:"吾以直道自任,蒙圣主厚恩,参贰政府②,惟以至公为报,不敢以朝廷官爵为己私恩,桃李③固未与汝栽培,惟荆棘④则甚多矣,然仕宦穷达,各有时命,汝等自勉之。"

《宋史》

【注释】

①本篇记宋朝唐介训诸子事。唐介没有利用职权为子孙谋官职,而是希望子孙安于天命。唐介(1010~1069),字子方,宋代江陵(今属湖北)人。中进士后,为武陵尉,调平江令,任殿中侍御史等。唐介以"直声动天下"。朝臣皆称:"真御史必曰唐子方。"著名爱国诗人陆游的母亲是其嫡亲孙女。

②参贰:辅佐。范仲淹《邠州建学记》:"予参贰国政,亲奉圣谟。"政府:唐宋时期宰相治理政务的处所,又称政事堂。

③桃李:比喻所栽培的后辈或所教的学生。这里与荆棘相对,喻顺境。

④荆棘:比喻纷乱的局势或艰险的处境。

【赏读】

唐介的家教做法,让我们想起了另一位官员程元凤。他在南宋理宗和度宗两朝为官,任侍御史。他为人刚正,善于识人,乐于荐才,在任侍御史时,为皇帝推荐了二十多个人,担任各级官吏,有的还成了一代名臣。由于他的地位和乐于荐贤,好多人想走他的关系,弄个一官半职的。有人找他推荐,程元凤说:"不敢以朝廷官爵为己私恩。"唐介、程元凤们固然可能一时成为清官,让官员跟着廉洁起来,但很难成为长久之计。唐介的"直道"在某种程度上是对现实政治的"抵抗"。因人废政的事,在历史上屡见不鲜。王安石的变法如此,张居正的政治生涯何尝不也是这样。并非是他们没有能力将政策一直贯彻下去。明知社会如此,却还是像堂吉诃德那样做下去,不只是一种献身精神,还有着理想在坚守,这才是社会前进的动力。

现在广西还有清代建的唐介的"靴子墓",全州县的凤凰村有其"冠墓",兴安县高尚镇有其"衣墓",后人的缅怀,不仅仅是缅怀一个先人,也有继承其风骨的意思在其中吧。

遗训① 谢良佐②

脱去凡近③,以游高明。莫为婴儿之态,而有大人之器。莫为一身之谋,而有天下之志。莫为终身之计,而有后世之虑。不求人知而求天知,不求同俗而求同理。

《戒庵老人漫笔》

【注释】

①本篇记北宋学者谢良佐对其子的训诫,主要教育儿子"有天下之志","为后世而虑",做一个高尚而有德行的人。选自明李诩《戒庵老人漫笔》。《戒庵老人漫笔》记载了有关明代政治、经济等方面的内容以及相应的典章制度,保留了宋元和明代人物言论行事及其诗文、书信。

②谢良佐(1050~1103):字显道。蔡州上蔡(今属河南)人,人称"上蔡先生"或"谢上蔡"。北宋学者。从程颢、程颐学,与游酢、吕大临、杨时号称"程门四先生"。

③凡近:才识浅陋。《唐文粹·答张九龄书》:"仆本凡近之才,素非经济之具。"

【赏读】

谢良佐在传统文化的学术研究领域具有极高的地位。他是心学的奠基人,提出"心为天之理"的命题,主张"心与天地同流",认为心、仁、理是一体的,开陆九渊心学之先河。他还是湖湘学派的鼻祖，在文化领域具有卓越的开创能力。

"莫为婴儿之态，而有大人之器。莫为一身之谋，而有天下之志。"此语可谓谢良佐一生的写照。他也是坚定的实践者：严于律己，修身甚谨。每天写日记，对所做之事经常反思，日常言行皆用礼仪约束，如有违背就自己惩罚自己。他认为修身的最大障碍在于"矜"，刚愎自用、自欺欺人、骄傲自大，皆是由"矜"引起的，同样与欠缺"大志"有关。

谢良佐作为程门弟子，自然格外注意儒家文化的传承与影响，在做人做事方面，特别有所强调。正心，才能正道。在浮躁的世界里，不忘初心，是一种境界。这种境界并不在于名利金钱，而在于一个人的灵魂是否高贵。

与子寅书① 胡安国②

密进人才所补者，大契旧③之间。固无彼此，然必事事尽诚告之，使善出于彼，吾无与焉，则为善矣。

诚实无私，曲说得来自别听者，亦须感动。

出身④事主，不以家事辞王事，为人臣无以有己。吾说如此，更以大义裁断之。

臣之事君，犹子之事父，以忠信为本。

公事私事，一切苦参，着意经理。须以诚意说与属官，须要知此着意经营。

公使库待宾，并以五盏为率，自足展尽情意。

禁奸吏必止其邪心，不徒革面。为政必以风化德礼为先，风化必以至诚为本。民讼既简，每日可着一时工夫，详与理会，因训道之使趋于善，且以风动左右，不无益也。

立志以明道，希文自期待；立心以忠信，不欺为主本；行己以端庄，清慎见操执；临事以明敏，果断辨是非；又谨三尺，考求立法之意而操纵之：斯可为政，不在人后矣，汝勉之哉！治心修身，以饮食男女为切要，从古圣贤，自这里做工夫，其可忽乎？

君实见趣本不甚高，为他广读书史，苦学笃信，清俭之事而谨守之。人十己百，至老不倦，故得志而行，亦做七分已上人。若李文靖澹然无欲，王沂公俨然不动，资禀既如此，又济之以学，故是八九分地位也。后人皆不能及，并可师法。

汝在郡⑤，当一日勤如一日，深求所以牧民⑥共理之意，勉思其未至，不可忽也。若不事事，别有觊望，声绩一塌了，更整顿不得，宜深自警省，思远大之业。

《戒子通录》

【注释】

①本篇是两宋之际学者胡安国写给在外地做官的养子胡寅的信，选自南宋刘清之《戒子通录》。《戒子通录》共八卷，搜集西周至宋代各朝有关家庭训诫的言论、诗文、专著等共计一百七十二篇，是现存最早的一部集录式家训总集。

②胡安国（1074~1138），又名胡迪，字康侯，号青山，谥号文定，学者称武夷先生，后世称胡文定公。建宁崇安（今福建武夷山市）人，两宋之际学者。主张经世致用，重教化，讲名节，轻利禄，憎邪恶。开创湖湘学派。

③契旧：契，意气相投。旧，故旧。

④出身：指出外为官。

⑤在郡：当官的意思。

⑥牧民：古时把官吏治民比作牧人牧养畜牲。晋葛洪《抱朴子·百里》："莅政而政荒，牧民而民散。"

【赏读】

在这篇家训中，胡安国反复告诫儿子为人之道和做官之法，为人以诚实为本，做官以廉洁为要，不可以私事荒废公事。正是在胡安国的精心教育之下，其子胡寅日后也成为一代大儒。

胡安国在现实生活中提倡修身为学，主张经世致用，重教化，讲名节，轻利禄，憎邪恶。这在家训中也有所反映。后世对胡安国评价极高，如谢良佐称"胡康侯就像严冬大雪时，百草枯死而松柏挺然独秀"。关于"湖湘学派"，王闿运称"潭学"，说"胡开潭学，朱张继响"，又说："道学开自周敦颐，乡邦无传其学者。至安国及子寅、宏来发明之。湖湘之学，比于关洛。"这是教育的力量，同时也体现了胡安国的教育理念。

赣州书示四侄正思等① 王阳明②

近闻尔曹学业有进,有司考校,获居前列。吾闻之喜而不寐,此是家门好消息。继吾书香者,在尔辈矣,勉之勉之!吾非徒望尔辈但取青紫③,荣身肥家,如世俗所尚,以夸市井小儿。尔辈须以仁礼存心,以孝弟④为本,以圣贤自期,务在光前裕后⑤,斯可矣。吾惟幼而失学无行,无师友之助,迨今中年,未有所成。尔辈当鉴吾既往,及时勉力,毋又自贻他日之悔,如吾今日也。

习俗移人,如油渍面,虽贤者不免,况尔曹初学小子,能无溺乎?然惟痛惩深创,乃为善变。昔人云:"脱去凡近,以游高明。"此言良足以警,小子识之!吾尝有《立志说》与尔十叔,尔辈可从钞录一通,置之几间,时一省览,亦足以发。方虽传于庸医,药可疗夫真病。尔曹勿谓尔伯父只寻常人尔,其言未必足法,又勿谓其言虽似有理,亦只是一场迂阔之谈,非吾辈急务;苟如是,吾末如之何矣。读书讲学,此最吾所宿好。今虽干戈扰攘中,四方有来学者,吾未尝拒之。所恨牢落尘网,未能脱身而归;今幸盗贼稍平,以塞责求退,归卧林间,携尔曹朝夕切劘砥砺,吾何乐如之!偶便,先示尔等,尔等勉焉,毋虚吾望。正德丁丑四月三十日。

《王阳明全集》

【注释】

①本篇是明代著名思想家王阳明在赣州写给侄子的家书，勉励子弟以圣贤自期。

②王阳明（1472~1529），即王守仁，幼名云，字伯安，别号阳明。浙江绍兴府余姚县（今属宁波）人，因曾筑室于会稽山阳明洞，自号阳明子，学者称之为阳明先生，亦称王阳明。王阳明还把家规理念运用于社会教育，以家族历代传承的家规理念和毕其一生的心学研究为基础，向王学弟子们和西南边疆百姓广授教育树人之道，倡导文明礼仪乡风，被后人誉为"百世之师"。

③青紫：典出《汉书》卷七十五《眭两夏侯京翼李传》：夏侯胜每讲授，常谓诸生曰："士病不明经术；经术苟明，其取青紫如俯拾地芥耳。学经不明，不如归耕。"本为古时公卿绶带之色，因借指高官显爵，亦指显贵之服。

④弟：通"悌"。

⑤光前裕后：为前人增光，为后人造福。

【赏读】

读懂了王阳明就是读懂了中国传统文化。他的教育理念沿袭的是传统，又有所创新。王阳明的"心学"就是对个体的尊重，在这一点上，是打破了传统教育观念的。因之，后世学他的人不少，但能得其真传的却不多。这皆因王阳明的学问、道德的高度非常人所能及。恰如张岱所言"阳明先生创良知之说，为暗室一炬"。

在这封家书中，王阳明虽在"干戈扰攘"中，仍寄书子侄，谆谆教导他们立志勤学。在他看来，读书为学，目的不在做官肥家，谋取荣华富贵，而在于确立高尚的道德人格，"以仁礼存心，以孝弟为本,以圣贤自期"。这才是"家门好消息",是能"继吾书香"的好子弟。简言之,就是要立大志,要以圣贤自期。

王阳明的思想在当时具有先进性,在今天看来也有其价值所在。他在《又与克彰太叔》书函中要求叔父教育儿子正宪读书尽孝,"一切举业功名等事皆非所望,但惟教之以孝弟而已"。在《寄正宪男手墨》中要求儿子"立志向上",而不必志在"科第",称"科第之事,吾岂敢必于汝,得汝立志向上,则亦有足喜也"。

后世对王阳明推崇之处极多。严复说:"夫阳明之学,主致良知。而以知行合一、必有事焉,为其功夫之节目。"近代的康有为、孙中山等人都从其中受益匪浅。日本人东乡平八郎所谓的"一生低首拜阳明"则道尽了对王阳明的崇拜之情。

谕应尾、应箕两儿① (节选) 杨继盛②

人须要立志。初时立志为君子,后来多有变为小人的;若初时不先立了个定志,则中无定向,便无所不为,便为天下之小人,众人皆贱恶你。你发愤,立志要做个君子,则不拘做官不做官,人人都敬重你。故我要你第一先立起志气来。

心为人一身之主,如树之根,如果之蒂,最不可先坏了心。心里若是存天理③,存公道,则行出来便都是好事,便是君子这边的人。心里若存的是人欲,是私意,虽欲行好事,也有始无终,虽欲外面做好人,也会被人看破你。如根朽则树枯,蒂坏则果落,故我要你们休把心坏了。

读书,见一件好事,则便思量我将来必定要行;见一件不好的事,则便思量我将来必定要戒;见一个好人,则思量我将来必要学他一般;见一个不好的人,则思量我将来切休要学他,则心地自然光明正大,行事自然不会苟且,便为天下第一等人矣。

《杨忠愍集》

【注释】

①本篇是明代著名谏臣杨继盛临终前在狱中写给儿子应尾、应箕的家训。

②杨继盛(1516~1555),明代著名谏臣。字仲芳,号椒山,直隶容城(今属河北)人。嘉靖二十六年(1547)进士,初任南京吏

部主事,师从南京吏部尚书韩邦奇。为人正直耿介,疾恶如仇,因不满严嵩专权而上书《请诛贼臣疏》,遭严嵩构陷,被害致死。他在临刑前夕,以为人夫、为人父的身份写了两份遗嘱,即《愚夫谕贤妻张贞》和《父椒山谕应尾、应箕两儿》,合称为《谕妻谕儿卷》。次日即被杀于菜市口,年四十。明穆宗即位后,以杨继盛为直谏诸臣之首,追赠太常少卿,谥号忠愍,世称杨忠愍。

③天理:旧说为本然之性,后宋儒引申为义理之性,与人欲对立。

【赏读】

杨继盛在给儿子应尾、应箕的这篇遗嘱中,从为人、治学、治家等几个方面做了最后的教导,可真是言之谆谆,拳拳之心溢于纸上。

嘉靖年间,权臣严嵩当权,作为谏臣的杨继盛不满严嵩专权,先是弹劾严嵩同党仇鸾以设马市求和,被贬至狄道(治今甘肃临洮),后起用。他又弹劾严嵩,历数其"五奸十大罪",结果被严嵩构陷,被判入狱,在狱中苦熬三年。嘉靖三十四年(1555)十月,遭处决,弃尸于市。作为一代名臣,虽然横死,但其名光耀史册。

重德向善是传统家训格言中的纲目,也正是做人处事的根本。重德向善的教育,使子女终生受益。这样的家训才是留给孩子的最宝贵的财富,正如徐勉所言"以清白遗子孙,不亦厚乎"。

家训（节选） 高攀龙[①]

吾人立身天地间，只思量作得一个人是第一义，余事都没要紧，作人的道理不必多言，只看《小学》[②]便是，依此作去，岂有差失？从古聪明、睿智、圣贤、豪杰，只于此见得透，下手早，所以其人千古万古不可磨灭，闻此言不信，便是凡愚，所宜猛省。

作好人，眼前觉得不便宜，总算来是大便宜。作不好人，眼前觉得便宜，总算来是大不便宜。千古以来成败昭然，如何迷人，尚不觉悟，真是可哀。吾为子孙发此真切诚恳之语，不可草草看过。

言语最要谨慎，交游最要审择。多说一句，不如少说一句；多识一人，不如少识一人。若是贤友，愈多愈好，只恐人才难得，知人实难耳。语云"要作好人须寻好友，引醅若酸，那得甜酒"，又云"人生丧家亡身，言语占了八分"。皆格言也。

《高子遗书》

【注释】

①高攀龙（1562~1626）：字存之，又字云从，江苏无锡人，世称"景逸先生"。明朝政治家、思想家，东林党领袖，熹宗时官左

都御史,后因反对阉党魏忠贤被革职,与顾宪成在无锡东林书院讲学,时称"高顾"。为"东林八君子"之一。后遭魏忠贤迫害,受人追捕投水身亡。著有《高子遗书》等。

②《小学》:中国旧时的儿童教育课本。旧题宋代朱熹撰,实为朱熹与其弟子刘清之合编。

【赏读】

昔年读课本上的邓拓《事事关心》,才知那副名联:"风声、雨声、读书声,声声入耳;家事、国事、天下事,事事关心。"由此记住了顾宪成和高攀龙。

以顾宪成和高攀龙等人为代表的东林党人,以"君子"和"小人"去区别政治上的正邪两派。顾宪成说:"当京官不忠心事主,当地方官不留心民生,隐居乡里不讲求正义,不配称君子。"在顾宪成死后,高攀龙接着主持东林讲席,也是继续以"君子"与"小人"去品评当时的人物,议论万历、天启年间的时政。他们的思想,从根本上说,并没有超出宋儒理学,特别是程、朱学说的范围,这也是可以理解的。因为顾宪成讲学的东林书院,本来是宋儒杨龟山创立的书院。杨龟山是程颢、程颐两兄弟的门徒,是"二程之学"的正宗嫡传。朱熹等人则是杨龟山的弟子。顾宪成重修东林书院的时候,很清楚地宣布,他是讲程朱学说的,也就是继承杨龟山衣钵的。

高攀龙在这篇家训中的教导并非是政治家的思维,而是一种人之常情的提醒,认为做人是最为要紧的,也是根本,这个做不好,就难以谈得上做什么伟大事业。这让我们想起他的一首《夏日闲居》:"长夏此静坐,终日无一言。问君何所为?无事心自闲。细雨渔舟归,儿童喧树间。北风忽南来,落日在远山。顾此有好怀,酌酒遂陶然。池中鸥飞去,两两复来还。"

世事复杂，而政治上的得与失，顷刻间都成为过眼烟云。高攀龙的结局是被诬自尽。崇祯初年（1628），朝廷为高攀龙平反昭雪，赠太子太保、兵部尚书，谥"忠宪"。

示儿① 沈守正②

丈夫遇权门须脚硬，在谏垣③须口硬，入史局④须手硬，值肤受之愬⑤须心硬，浸润之谮⑥须耳硬。

《尺牍新钞》

【注释】

①本篇是明朝沈守正写给儿子的家训，选自周亮工编的《尺牍新钞》。《尺牍新钞》辑录了明末清初二百三十多人的近千首尺牍，为那一时期文人的一部尺牍总集。

②沈守正（1572~1623），又名迁，字无回，明代钱塘（今杭州）人。万历举人，官至巡抚。工画，擅诗文，著有《诗经说通》《四书丛说》等。

③谏垣：谏官办公的官署。垣，官署的代称。

④史局：即史馆，旧时主持编纂国史的机构。

⑤肤受之愬：利害切身的诬告。愬，同"诉"。

⑥浸润之谮：意为谗言以渐而进，像浸灌渐渍而湿，使人不觉。

【赏读】

沈守正所说的"五硬"，当然不是金钟罩、铁布衫那样的硬功夫，而是有硬骨有硬气。这种底气来自自信，更与自律相关。身正不怕影子斜，不管是为官还是做老百姓，都是最起码的常识。

宋仁宗时，有一个叫宋祁的官员到开封城外游赏景色，见到老农耕田,便上前作揖,打趣说道:"老丈辛苦了,看来今年您大丰收啊!您觉得应该感谢老天爷眷顾呢,还是感谢皇上洪福?"老农"俯而笑",然后将宋祁狠批一顿:"何言之鄙也!子未知农事矣!我每日辛勤劳作,今日之获,全是我的汗水换来,为何要感谢老天爷?我按时纳税,官吏也不能强我所难,我为什么要感谢皇上?吾春秋高,阅天下事多矣,没见过像你这么蠢的。"

做到"五硬",就有了说话的底气。宋戴埴《鼠璞》卷上:"唐人言李白不能屈身,以腰间有傲骨。"对照沈守正的论说,这"五硬"也是为人做事的要诀,做到了这些方可以"立身天地间"。

示子侄 王夫之①

　　立志之始,在脱习气。习气薰人,不醪②而醉。其始无端,其终无谓。袖中挥拳,针尖竞利;狂在须臾,九牛莫制。岂有丈夫,忍以身试?彼可怜悯,我实惭愧!前有千古,后有百世;广延九州③,旁及四裔④。何所羁络,何所拘执?焉有骐驹,随行逐队。无尽之财,岂吾之积?目前之人,皆吾之治,特不屑耳,岂为吾累!潇洒安康,天君无系⑤。亭亭鼎鼎,风光月霁。以之读书,得古人意;以之立身,踞豪杰地;以之事亲,所养惟志;以之交友,所合惟义。惟其超越,是以和易。光芒烛天,芳菲匝地。深潭映碧,春山凝翠。寿考维祺⑥,念之不昧!

《王夫之集》

【注释】

①王夫之(1619~1692):字而农,号薑斋。湖南衡阳人。是明清之际杰出的哲学家、思想家,与顾炎武、黄宗羲同称明末清初三大思想家。晚年居衡阳之石船山,学者称"船山先生"。有《周易外传》《尚书引义》《读通鉴论》《宋论》等著作。

②醪:浊酒。

③九州:最早见于《禹贡》,相传古代大禹治水时,把天下分为九州。后来泛指中国。

④四裔:四方极远之地。《左传·文公十八年》记载,舜臣于

尧时，曾"流四凶族，浑敦、穷奇、杌、饕餮，投诸四裔，以御螭魅"。

⑤天君：指心。古人以心为五种感觉器官的主宰。《荀子·天论》："心居中虚，以治五官，夫是之谓天君。"无系：无拘无束。

⑥寿考：高寿。祺：吉福。"寿考维祺"，出自《诗经·大雅·行苇》："寿考维祺，以介景福。"

【赏读】

明清之际的船山先生是一代哲学家、教育家。他不用疾言厉色，而是和风细雨地教训、启导诱发其向善进取之心。这种教育方式值得借鉴。

在这封书信里，船山先生勉励子侄，脱除恶习，敢于特立独行，养天地正气。立志持身，读书做人。

大勇若怯，大智若愚，圆润通透。不管世事如何变化，都需要自省，并时时与周围世界保持一种疏离感。凑热闹固然好玩，但须知热闹之中也有无趣的所在，有时也并非凑而有所得。如今，能有这般潇洒心态的人极少，皆因免不了俗，只好活得世俗一些吧。哲学家牟宗三认为，孔子有沉重之感而不露其沉重，有其悲哀而不露其悲哀，承受一切责难与讽刺而不显其怨尤，这就是幽默，也是认识事物的方式。这也是可以给王夫子的家训做注脚的。

卷二

德善传家

诫子 欧阳地余①

我死，官属②即送汝财物，慎毋受。汝九卿儒者子孙③，以廉洁著，可以自成。

《汉书》

【注释】

①欧阳地余，西汉学官，字长宾。千乘（郡治在今山东高青东）人。欧阳高之孙。宣帝时，为博士，参加石渠阁经学会议。元帝即位，为侍中，至少府。欧阳地余少子欧阳政为王莽时的讲学大夫，因此形成欧阳氏尚书学派。

②官属：官吏。

③九卿：古代中央政府的九个高级官职。汉以太常、光禄勋、卫尉、太仆、廷尉、大鸿胪、宗正、大司农、少府为九卿，欧阳地余官至少府，为九卿之一。

【赏读】

高风亮节，这个词在古代时常遇见。正如宋代胡仔说："余谓渊明高风峻节，固已无愧于四皓，然犹仰慕之，尤见其好贤尚友之情也。"（《苕溪渔隐丛话后集》）这风格，是因人的单纯而独特，还是因信念而执着？真不好说，但看欧阳地余的做派，真是一代风流，短短几句话，就显现出与众不同。这样的案例很多，比如严子陵不慕权贵，不贪荣华，耕山钓水，千古独绝的高风亮节，真是让人点赞;又有陶渊明《五柳先生传》中曾云:"黔娄之妻有言:'不戚戚于贫贱,不汲汲于富贵。'极其言,兹若人之俦乎?"这样的人,真是让人敬佩。

  一个时代的风气与节操相关。当注重节操的人增多,那个时代就是最有朝气和活力的时代。欧阳地余说:"以廉洁著,可以自成。"简言之,即不戚戚于贫贱,不汲汲于富贵。这样的心态才能活得更为舒心自在一些,至少脱离了名利的羁绊,远比每天混在名利场当中,看眼色跑关系要好得多。

  好的心态能够让人距离幸福更近一些。

勤俭传子孙① 《汉书》

（疏）广既归乡里，日令家共具设酒食②，请族人故旧宾客，与相娱乐。数问其家金余尚有几所，趣③卖以共具。居岁余，广子孙窃谓其昆弟老人广所爱信者曰："子孙几及君时颇立产业基阯④，今日饮食，费且尽。宜从丈人⑤所，劝说君买田宅。"老人即以闲暇时为广言此计，广曰："吾岂老悖不念子孙哉？顾自有旧田庐，令子孙勤力其中，足以共衣食，与凡人齐。今复增益之以为赢余，但教子孙怠惰耳。贤而多财，则损其志；愚而多财，则益其过。且夫富者，众人之怨也；吾既亡以教化子孙，不欲益其过而生怨。又此金者，圣主所以惠养老臣也，故乐与乡党宗族共飨其赐，以尽吾余日，不亦可乎！"于是族人说⑥服。以寿终。

《汉书》

【注释】

①本篇记西汉疏广事。疏广（？～前45）：字仲翁，号黄老。东海兰陵（今山东省苍山县兰陵镇）人。西汉名臣。少好学，家居教授《春秋》，从游弟子甚众。宣帝时任太子太傅。其侄疏受，亦任少傅。二人俱受宣帝器重，称为朝廷中的"二疏"。

②共具：用以摆设酒食的器具。共，同"供"。

③趣：同"促"，催促。

④"子孙"句：子孙希望他（疏广）趁着还在世时能多经营产

业。几,同"冀",希望。基阯,地产。阯,同"址"。

⑤丈人:家长,这里是子孙们对疏广的尊称。

⑥说:通"悦"。

【赏读】

每到过年,最爱看的是村庄里的对联,其内容五花八门,如"勤俭黄金本,诗书丹桂根",又如"谦心皆乐事,容膝即安居",不一而足。这些对联同家训一样,也具有警醒、教育的作用。

勤俭作为中国传统文化的一部分,其作用相当巨大。从某种程度上看,修身、齐家、治国、平天下都离不开勤俭节约,诸葛亮把"静以修身,俭以养德"作为"修身"之道;《朱子家训》将"一粥一饭,当思来之不易;半丝半缕,恒念物力维艰"当作"齐家"的训言。关于勤俭,是历朝历代都在关注的话题,"天下之事,常成于勤俭而败于奢靡"。这是大诗人陆游的金玉良言。曾国藩曾说过,"勤俭自持,可以处乐,可以俭约","无论是大家还是小家,士农工商,勤俭节约,未有不兴,骄奢倦怠未有不败"。你看,勤俭多么具有现实意义!

疏广以言传身教的方式来说明勤俭的意义,可谓一种远虑。在唐朝,还有一件类似的事:玄宗开元年间,中书令张嘉贞也是终生不置家产。有人劝他买房置地,他却说:"我贵为将相,何须担心吃不饱、穿不暖!若是我犯了罪,虽有良田美宅,但终归一无所有。那些朝廷官员费尽心机侵占的那么多肥田沃土,自己过世后就全部变成不肖子弟腐化堕落的本钱,我才不学他们,干那样的傻事呢!"

诫兄子书 张　奂①

汝曹薄祜，早失贤父，财单艺尽，今适喘息，闻仲祉轻傲耆老②，侮狎同年，极口恣意。当崇长幼，以礼自持，闻敦煌有人来，同声相道，皆称叔时③宽仁。闻之喜而且悲，喜叔时得美称，悲汝得恶论。

经言④："孔于乡党，恂恂如也。"恂恂者，恭谦之貌也。经难知，且自以汝资父为师，汝父宁轻乡里邪？年少多失，改之为贵。蘧伯玉年五十，见四十九年非⑤。但能改之，不可不思吾言。不自克责，反云："张甲谤我，李乙怨我，我无是过尔。"亦已矣。

《艺文类聚》

【注释】

①张奂（104~181）：字然明，酒泉（今属甘肃）人。东汉时期名将、学者。桓帝时举贤良对策获第一，官至议郎，迁安定属国都尉。御边有功。灵帝时，因不与宦官合作，解官归里。生平著作有《尚书记难》等。

②仲祉：张奂侄子的名字。耆老：老人。《礼记·王制》："养耆老以致孝，恤孤独以逮不足。"

③叔时：当为张奂家另一子侄。

④经：经书，这里指《论语》。

⑤ "蘧（qú）伯玉"二句：《淮南子·原道训》："故蘧瑗伯玉年五十，而有四十九年非。"后以"伯玉知非"表示知道自己以前不对，比喻人时刻反思自己以前的行为。蘧伯玉，名瑗，谥成子，春秋战国时期卫国大夫，著名思想家、社会活动家。

【赏读】

读古人书信，大有深意，需慢慢体会，才能得其中三昧。特别是戚友之间的来往，读来更见真情，且是少了客套，多了深意。张奂的这封信意在警告侄儿张祉平时为人不要轻傲，告诫他要对人恭敬，有错当改。"年少多失，改之为贵。"在修行的过程中，可能会因心气浮躁，做出一些不当的事，过后能反思，从而在修行上更为精进，亦是一件好事。

作为普通人，在青少年时代，犯错似在所难免。从中汲取教训，方能成才，这类例子很多，如西晋时的周处年少时纵情肆欲，为祸乡里，为了改过自新去找名人陆机、陆云，后来浪子回头，功业更胜其父。又如曹操年轻时任性好侠，放荡不羁，不修品行，不习学业，后改过，成了一代英雄。因此，有教育家认为，应该把犯错的权利还给孩子，更何况"人非圣贤，孰能无过"，犯错也是一种实验，对与错，固然重要，更重要的是通过犯错学习更多的知识，这才是最为紧要的。

诸儿令① 曹操②

今寿春、汉中、长安③，先欲使一儿各往督领之，欲择慈孝不违吾令，亦未知用谁也。儿虽小时见爱，而长大能善，必用之。吾非有二言也。不但不私臣吏，儿子亦不欲有所私。

《曹操集》

【注释】

①建安二十年（215），曹操攻取汉中后，下了一道著名的"诸儿令"，规范儿子们的行为。

②曹操（155~220），字孟德，沛国谯县（今安徽亳州）人。东汉末年杰出的政治家、军事家、文学家，三国曹魏政权的缔造者。

③寿春：今安徽寿县。汉中：郡名，治所在陕西南郑。

【赏读】

一代枭雄曹操，是很理性的人，尽管在少年时代，他也曾荒唐过，但这是成长中的代价。他所处的时代，是弱肉强食的时代，身在政治场域更为崇拜的是"狼图腾"，乱世出英雄。这是非常态社会下的产物。一旦到了常态社会，那就是文明治理，而不是靠蛮力统治。在这一点上，曹操的做法，足以让人敬佩。

在《诸儿令》的字里行间，曹操所表达的主要意思，是不以权谋私、赏罚分明、用人唯贤，但同时也清楚地表明了他对儿子孝道品行的严格要求。孝道在中国有着深厚的文化基因。千百年来，

"孝"被认为是中国人的百善之首、德行之本,而尊重、顺从则是其中的要义。然而以今天的观点来看,所谓的孝道,更多的是把父辈的事业、精神传承下去,并发扬光大。

《三国演义》里的曹操属于奸雄,但在动乱时代,生存尤为关键。纵观曹操的一生,他的言行是根据时事变化的,其基本价值观是创造一个美丽新世界。从这篇《诸儿令》中,依稀可看出他的教育理念,是一个父亲对子女的普通期望。

遗令①（节选） 曹 操

吾夜半觉小不佳；至明日，饮粥汗出，服当归汤。

吾在军中，持法是也。至于小忿怒，大过失，不当效也。天下尚未安定，未得遵古也②。吾有头病，自先著帻③。吾死之后，持大服④如存时，勿遗。百官当临殿中者，十五举音⑤；葬毕便除服；其将兵屯戍者，皆不得离屯部；有司各率乃职。敛以时服，葬于邺之西冈上，与西门豹祠相近⑥，无藏金玉珠宝。

《曹操集》

【注释】

①建安二十五年（220）正月，曹操临终前发布了这篇《遗令》，对身后事做了安排。

②遵古：遵循古代的丧葬制度。

③帻（zé）：头巾。古代中国男子包裹鬓发、遮掩发髻的巾帕。始见于汉代。

④大服：谓帝王、王后死后国人为之持服。

⑤十五举音：哭十五声。汉文帝提倡节葬。他在遗诏中规定：他死后，"宫殿中当临孝，皆以旦夕各十五举声，礼毕罢"。曹操沿用汉文帝的做法。

⑥西门豹：战国时魏人。做邺县县令时，兴修水利，发展生产，并破除河伯娶妇的坏风俗，受到人民的尊敬。

【赏读】

　　这个《遗令》是西晋陆机无意中在宫内秘阁中发现的。陆机是西晋著名文学家,曾担任皇宫的著作郎,他有机会接触皇室秘阁中的历史档案文献。当他看到曹操的《遗令》,不由心生感叹,写下了一篇《吊魏武帝文》。

　　《遗令》就是曹操的遗嘱。建安二十五年正月曹操率大军从汉中返回洛阳,当月二十三日去世。此遗令主要是曹操去世前对自己后事的安排。相对于历代帝王陵墓的奢华,《遗令》可以说是曹操的另类思维,谁也猜不透他,但可看出他在临终之际是相当地从容。这篇遗嘱是古今帝王将相当中最人性、最坦率的一篇表白,包括对自己行事风格的省思、丧事的细节安排、后宫婢妾何去何从、子弟如何谋生,等等,尽在其中。由此可见曹操性格里仁厚、体贴、细腻的一面。

　　一代英雄曹操去世以后会怎样?似乎他自己早已有所预料,所以才有《遗令》的出现。但人们似乎不相信他的话,因此非要寻找到其墓地不可。至今,曹操墓依然是解不开的千古之谜。

教子不要趋炎附势① 《三国志》

时中书监刘放、令孙资见信于主②,制断时政,大臣莫不交好,而毗不与往来。毗子敞谏曰:"今刘、孙用事,众皆影附,大人宜小降意,和光同尘③,不然必有谤言。"毗正色曰:"主上虽未称聪明,不为闇劣。吾之立身,自有本末。就与刘、孙不平,不过令吾不作三公而已,何危害之有?焉有大丈夫欲为公而毁其高节者邪?"

《三国志》

【注释】

①本篇讲述三国名臣辛毗教儿子辛敞的事。辛毗(生卒年不详),字佐治,颍川阳翟(今河南禹州)人。三国时期曹魏大臣。文帝时为侍中,赐关内侯。明帝即位,进封颍乡侯,食邑三百户。后为卫尉。魏明帝青龙二年(234)蜀汉诸葛亮大举伐魏,司马懿上表魏明帝。魏明帝任辛毗为大将军军师,加使持节号。诸葛亮病逝后,辛毗返回,仍任卫尉。不久,逝世,谥肃侯。

②刘放:字子弃,冀州涿郡(治今河北涿州)人。孙资:字彦龙,汉末太原中都(今山西平遥)人。二人均为魏明帝所信任。

③和光同尘:语见《老子》:"和其光,同其尘。"指不露锋芒,与世无争的处世态度。也比喻同流合污。

【赏读】

趋炎附势者,在日常生活当中多矣。他们又有一种更雅致的说法：入世之法。对别人要有宽恕之量，对谤语要有忍辱之量，对忠言要有虚受之量，对事物要有容纳之量。权力、资本为世人所重，就在于能带来可观的收益以及名利。这也是人的本性。若取之有道，亦无不可。

辛毗有权有势，然而和皇帝身边的"红人"相比，还是有差距，因之其子劝他多交往，而辛毗不屑于此。他的依据"焉有大丈夫欲为公而毁其高节者邪"，真可以作为官员的座右铭。权力与名利虽然我们难以远离，但却不必热衷于此道，保持适当的距离，才更为重要。

诫子弟言① 《晋书》

仲堪自在荆州②,连年水旱,百姓饥馑,仲堪食常五椀③,盘无余肴,饭粒落席间,辄拾以啖之,虽欲率物④,亦缘其性真素⑤也。每语子弟云:"人物见我受任方州⑥,谓我豁⑦平昔时意,今吾处之不易。贫者士之常,焉得登枝而捐其本?尔其存之!"

《晋书》

【注释】

①本篇讲东晋殷仲堪教子弟事。殷仲堪(?~399),陈郡长平(今河南西华东北)人,东晋太常殷融之孙,晋陵太守殷师之子。东晋后期重要将领、大臣。能清言,与韩康伯齐名。调补佐著作郎,谢玄请为参军。又为长史,领晋陵太守。孝武帝时,授都督荆、益、宁三州军事,荆州刺史,镇江陵。安帝时,与桓玄战,兵败,为桓玄追兵所获,逼令自杀。撰有《殷荆州要方》,已佚。

②荆州:辖境约为今湖北、湖南,以及河南、广东、广西、贵州的一部分。

③椀:同"碗"。

④率物:为人表率。

⑤真素:不做作,真率。

⑥方州:指地方州郡。

⑦豁:抛弃。

【赏读】

关于东晋殷仲堪的故事看过不少，比如他能清谈、擅长写文章，常说三日不读《道德论》，就觉得舌根僵硬。这与"三日不读圣贤书，便觉面目可憎"颇为相近。他为什么强调阅读的重要性？我想，那是把阅读当成一面镜子，由此照出每天的得与失，从而提高修行的效果。

殷仲堪极为节俭，"食常五碗，盘无余肴，饭粒落席间，辄拾以啖之，虽欲率物，亦缘其性真素也"。若是以今天的眼光看，他可谓是极简主义的先驱。理论上，极简主义之"简"，不是简单，不是简便，更不是简洁，是不能多一分、不能少一毫的恰到好处的"简"。极简主义者的哲学强调的是，感官上简约整洁，品位和思想上更为优雅，或者说是一种"极简主义"生活方式。

"贫者士之常，焉得登枝而捐其本？"不论所处的环境是贫还是富、是贵还是贱，都要保持一个安贫乐道的心态，因为由俭入奢易、由奢入俭难。

遗令诸子 源 贺①

吾顷以老患辞世,不悟天慈降恩,爵逮于汝。汝其毋傲吝,毋荒怠,毋奢越,毋嫉妒。疑思问,言思审,行思恭,服思度,遏恶扬善,亲贤远佞。目观必真,耳属必正。诚勤以事君,清约以临己。吾终之后,所葬时服单椟②,足申孝心,刍灵明器③,一无用也。

《全后魏文》

【注释】

①源贺(403~479),本名破羌。鲜卑族,南凉河西王之子,西平乐都(今属青海)人。北魏将领、大臣。魏太安元年(455)十一月,源贺改封为陇西王,出任冀州刺史,为征南将军。太和三年(479)去世,孝文帝赠侍中、太尉、陇西王印绶,谥曰宣。源贺有两子,长子源延,次子源怀。

②椟:棺。

③刍灵:语出《礼记·檀弓下》:"涂车、刍灵,自古有之,明器之道也。"古代送葬用的茅草扎的人马。明器:即冥器,一作盟器。专为随葬而制作的器物,一般用陶或木、石制成。

【赏读】

本篇是北魏名将源贺临终前所作家训。他在这篇家训中告诫儿子们说,不要骄傲、吝啬,不要怠惰、荒废,不要挥霍无度,不要嫉妒他人。有疑问就向别人请教，说话要谨慎周密，行为要恭敬有礼，服饰要符合礼仪。要制止恶行，发扬美德，亲近正直有德之士，疏远阿谀奉承之人。看事情要真切，了解情况要通过正当手段。要忠诚勤谨地侍奉君王，以清廉俭约约束自己。源贺有两个儿子，长子源延，次子源怀。二人谨慎厚道，好学不倦，清廉节俭，严惩贪横，均有其父的风范。

北魏前期刑罚残酷、株连滥杀，源贺上书以求仁治，就连皇帝都说："苟人人如贺，朕治天下复何忧哉！"

诫子崧（节选）　　徐　勉①

吾家世清廉，故常居贫素，至于产业之事，所未尝言，非直不经营而已。薄躬遭逢，遂至今日，尊官厚禄，可谓备之。每念叨窃若斯，岂由才致，仰藉先代风范及以福庆，故臻此耳。古人所谓"以清白遗子孙，不亦厚乎"②。又云："遗子黄金满籯，不如一经。"③详求此言，信非徒语。吾虽不敏，实有本志，庶得遵奉斯义，不敢坠失。所以显贵以来，将三十载，门人故旧，亟荐便宜，或使创辟田园，或劝兴立邸店④，又欲舳舻运致⑤，亦令货殖聚敛。若此众事，皆距而不纳，非谓拔葵去织⑥，且欲省息纷纭。

《梁书》

【注释】

①徐勉（466~535），字修仁，东海郯（今山东郯城北）人。南朝政治家、一代宗臣。在齐朝做过镇军参军、尚书殿中郎、领军长史。后担任过中书侍郎、谘议参军、吏部尚书、中书令等。徐勉居官清廉、不营产业、勤于政事、家无蓄积。谥简肃。

②以清白遗子孙，不亦厚乎：此句是东汉名臣杨震所说的。杨震（？~124），字伯起。弘农华阴（今陕西华阴东南）人。东汉时期名臣。从其父杨宝研习《欧阳尚书》，师从于太常桓郁。通晓经籍，博览群书。

③遗子黄金满籯，不如一经：语见《汉书·韦贤传》："贤四

子:长子方山为高寝令,早终;次子弘,至东海太守;次子舜,留鲁守坟墓;少子玄成,复以明经历位至丞相。故邹鲁谚曰:'遗子黄金满籝,不如一经。'"意为给子孙留黄金满笼,不如留下一部经书。籝,竹笼。

④邸店:旧时城市中供客商堆货、寓居、进行交易的行栈。东晋南朝时已有,隋唐更多。1949年以前也称为堆店。

⑤舳舻:意为船只。舳,船后;舻,船头。晋郭璞《江赋》:"舳舻相属,万里连樯。"

⑥拔葵去织:《汉书·董仲舒传》:"故公仪子相鲁,之其家见织帛,怒而出其妻,食于舍而茹葵,愠而拔其葵,曰:'吾已食禄,又夺园夫红女利乎!'古之贤人君子在列位者皆如是,是故下高其行而从其教,民化其廉而不贪鄙。"后以拔葵去织为居官者不与民争利的典故。

【赏读】

徐勉虽官居显要,但不经营产业,家无蓄积。自称:"人遗子孙以财,我遗之清白。子孙才也,则自致韬鞯;如不才,终为它有。"官员能做到这份上,不能仅仅用安贫乐道就能形容得了的,它所涉及的是一个人的人格与操守。跟徐勉"清白论"相近的是汉代的杨震。他为官清廉,有一次途经昌邑,县令王密为报答他的知遇之恩,夜里特地带了十斤黄金去送给杨震。杨震见了,很生气地责问:"故人知君,君不知故人,何也?"密曰:"暮夜无知者。"震曰:"天知,神知,我知,子知,何谓无知?"密愧而出。杨震因不受私谒,生活清苦,子孙常吃蔬菜,出门则步行,当时有一些故旧长者常劝杨震为子孙置办产业,杨震回答说:"使后世称为清白吏子孙,以此遗之,不亦厚乎。"

"清白"二字看似简单。清者,恰如《史记》中所言:"正直清廉而谦者，宜歌风。"此，又有清操之意。白者，即于谦的"粉身碎骨浑不怕，要留清白在人间"。可见这并不是一件简单的事，更包含了一个人的节操、志向，是超越不拘的"小节"，有理想的大节。"清白"不只是为官要有操守，做人也是如此。古人常常强调这一点，并非是有伟大的理想，而是这样做才有可能活得更为舒适自在一些。

徐勉曾与客夜坐，有求詹事五官者，勉正色曰："今夕止可谈风月，不宜及公事。"在这则家训中，我们可以看到徐勉的要求不算高：少一些"有形的事业"，多一个灵魂的居所。这或如小说家米兰·昆德拉所说，生活正在死去，死于过剩的欲望中。

教子（节选）① 颜之推②

上智不教而成，下愚虽教无益，中庸之人，不教不知也。古者圣王，有"胎教"之法，怀子三月，出居别宫，目不邪视，耳不妄听，音声滋味，以礼节之。书之玉版，藏诸金匮。生子咳提，师保固明孝仁礼义，导习之矣。凡庶纵不能尔，当及婴稚识人颜色、知人喜怒，便加教诲，使为则为，使止则止，比及数岁，可省笞罚。父母威严而有慈，则子女畏慎而生孝矣。

吾见世间无教而有爱，每不能然，饮食运为③，恣其所欲，宜诫翻奖，应呵反笑，至有识知，谓法当尔。骄慢已习，方复制之，捶挞至死而无威，忿怒日隆而增怨，逮于成长，终为败德。孔子云"少成若天性，习惯如自然"是也。俗谚曰："教妇初来，教儿婴孩。"诚哉斯语！

凡人不能教子女者，亦非欲陷其罪恶，但重于诃怒伤其颜色，不忍楚挞惨其肌肤耳。当以疾病为谕，安得不用汤药针艾救之哉？又宜思勤督训者，可愿④苛虐于骨肉乎？诚不得已也！

父子之严，不可以狎；骨肉之爱，不可以简。简则慈孝不接，狎则怠慢生焉。

人之爱子，罕亦能均，自古及今，此弊多矣。贤俊者自可赏爱，顽鲁者亦当矜怜。有偏宠者，虽欲以厚之，更所以祸之。

齐朝有一士大夫，尝谓吾曰："我有一儿，年已十七，颇晓书疏⑤，教其鲜卑⑥语及弹琵琶，稍欲通解，以此伏事公卿，无不宠爱，亦要事也。"吾时俯而不答。异哉，此人之教子也！若由此业自致卿相，亦不愿汝曹为之。

《颜氏家训》

【注释】

①本篇选自《颜氏家训》，这是中国历史上第一部内容丰富、体系宏大的家训，是中国古代家庭教育理论宝库中的一份珍贵遗产。

②颜之推（531~约595），字介，原籍琅邪临沂（今属山东），生于建康（今江苏南京）的一个士族官僚之家。南齐治书御史颜见远之孙、南梁谘议参军颜协之子。中国古代文学家、教育家，生活年代在南北朝至隋朝期间。

③运为：所为，作为，指言论和行事。

④可愿：也可以作岂愿。

⑤书疏：上书、奏疏、信札之类。《史记·袁盎晁错列传》："且陛下从代来，每朝，郎官上书疏，未尝不止辇受其言。"

⑥鲜卑：古族名，东胡的一支。两晋南北朝时，有慕容、乞伏、秃发、宇文、拓跋等部先后在今华北和西北地区建立政权，内迁的鲜卑人渐与汉族及其他各族相融合。

【赏读】

《颜氏家训》千古流传，自有其道理。写这部家训时正是颜之推人生最后的时光。他三为亡国之人，这种特殊的人生经历使得他特别重视家中子弟的教育问题。在他看来，在那样一个动荡的时代，做官并不见得是个好的选择，不但不能显耀门庭，一旦发生变故，还可能像自己以及曾经的同僚们一样，亡国被俘，令祖先蒙羞。而颜之推将此归结为对儒家正道的背离的结果。因此，他在家训中强调，子弟要从小浸润在儒家文化当中，如此，即便不能升官发财，但起码是合乎儒家规范的。这也是这部家训的核心所在。

颜之推是具有文化自觉的人。在这篇《教子》中可见颜之推的谆谆教导，他要求子女"慕贤"，将大贤大德之人作为自己的人生偶像，并且"心醉魂迷"地倾慕与仿效他们，这样才能快速成长。如今，这样的"方法论"依然有效。

诫子廉、子恪等^① 《南齐书》

嶷常戒诸子曰:"凡富贵少不骄奢,以约失之者鲜矣。汉世以来,侯王子弟,以骄恣之故,大者灭身丧族,小者削夺邑地^②,可不戒哉!"

……

嶷临终,召子子廉、子恪曰:"人生在世,本自非常,吾年已老,前路几何。居今之地,非心期所及。性不贪聚,自幼所怀,政以汝兄弟累多,损吾暮志耳。吾无后^③,当共相勉励,笃睦为先。才有优劣,位有通塞^④,运有富贫,此自然理,无足以相陵侮。勤学行,守基业,修闺庭^⑤,尚闲素,如此足无忧患……"

《南齐书》

【注释】

①本篇记南齐萧嶷训子之事。萧嶷(444~492),字宣俨,南齐高帝萧道成第二子。刘宋朝时,为尚书左户郎、钱唐令。齐武帝萧赜即位后,为太尉、太子太傅、大司马、中书监等职。永明十年(492)去世,年四十九岁。

②邑地:大夫的封地。

③无后:没有后代。子廉、子恪,都不是他的亲生儿子。

④通塞:境遇的顺利与滞涩。潘岳《西征赋》:"生有修短之命,位有通塞之遇。"

⑤闺庭：家庭。《周书·郑孝穆传》："父叔四人并早殁，昆季之中，孝穆居长。抚训诸弟，有如同生，闺庭之中，怡怡如也。"

【赏读】

永明五年（487），萧嶷提升为大司马，八年，配给了皂轮车。不久担任了中书监。他坚决推辞。萧嶷身高七尺八寸，善于保持自己的音容仪范，用文雅物品装饰，侍卫人员跟从，彬彬有礼，超过百官。常常出入官殿台省，都是安详瞻望，神态严肃。他知道自己地位过于显赫，很想退官闲居。

南北朝时局势动荡，萧嶷对名利保持了相应的警醒，显示了他对时局的清醒判断。而在这则家训中，他认为"骄恣"是败家之象。这跟萧嶷的生活经历有关，更难得的是他出生帝王之家，却有着这朴素的价值观。他平时就告诫儿子该如何为人处事，低调行事，少一点贪婪之心，日子就多一些快乐。

留下现世财，还是留下身后名，这种考量无疑是一种智识上的挑战。萧嶷的临终遗言或代表了一种现实思维：亲人间的亲密和睦是最重要的。才能有优有劣，职位有通有塞，运气有贫有富，这是自然的道理，不可因此互相欺侮。勤奋学习上进，保守家中基业，治理闺房门庭，推尚闲雅朴素，这样就足可以无忧无虑。

人一辈子的生活不管贫富贵贱，无不是追求一个"无忧无虑"而已。太多的人以为追求最大的经济利益，如此才能保证生活上的幸福。但因此牺牲掉了精神生活，甚至于一个人的健康，那也是要不得的做法。这样看，萧嶷所提供的思维，是在纷繁世界里如何才能更快乐地生活的方式。

答子问① 《袁氏世范》

侨②素贫,尝一朝无食,其子启欲以班史③质钱。答曰:"宁饿死,岂可以此充食乎!"

《袁氏世范》

【注释】

①本篇记梁朝谢侨事迹,选自宋袁采所著《袁氏世范》。《袁氏世范》原名《训俗》,分《睦亲》《处己》《治家》三卷。内容多涉及修身处世之道、睦亲治家之理,娓娓道来,如话家常。《四库提要》称其"不失为《颜氏家训》之亚也"。

②侨:即谢侨(472~547),南朝梁陈郡阳夏(今河南太康)人。

③班史:班固所写的史书《汉书》。

【赏读】

谢侨是晋代名门谢氏的一支,谢举及其兄谢览在梁代历任高官,位极大臣。谢览与祖父庄、父瀹"三世居选部,当世以为荣",据说在新安太守的任上,"聚敛"超常,后来则以廉洁著称。谢举即谢侨的叔叔,在任地方官时,吏民为其立碑,其家后来据称"宅内山斋舍以为寺,泉石之美,殆若自然。临川、始兴诸王常所游践",可以说颇为雄壮。有人追问谢侨:为何不向叔叔借钱呢?其问题在于当时谢举虽然看上去富豪,但其家境也是外表光鲜而已,自然无法帮助谢侨一家。谢侨安于贫穷，这一点固然很好，但要求一家人都跟着受苦，显得不太近情理。当我们说谢侨有气节时，恐怕也只能苦笑了。

实则，这卖不卖书，体现的是对文化价值的认同。谢侨看似迂腐，实则是其人生追求高贵，这跟其家族讲求"树文德于庭户，立操学于衡门"有关。自然，其为人处世中的安贫之道也就异于常人了。魏晋人物常常出人意外，就在于其言行举止有范，谢侨并非个案。在看似风流绝代的魏晋，能有如此故事流传下来，其内在因素是那个时代所讲求的操守依然是谨严的，因之才有诸多文化名家辈出。

谓子言① 《隋书》

彦谦居家②,每子侄定省③,常为讲说督勉之,亹亹④不倦。家有旧业,资产素殷。又前后居官,所得俸禄,皆以周恤亲友,家无余财,车服器用,务存素俭。自少及长,一言一行,未尝涉私,虽致屡空,怡然自得。尝从容独笑,顾谓其子玄龄曰:"人皆因禄富,我独以官贫。所遗子孙,在于清白耳。"所有文笔,恢廓闲雅,有古人之深致。又善草隶,人有得其尺牍者,皆宝玩之。

《隋书》

【注释】

①本篇记隋朝房彦谦训子之事。房彦谦(547~615),字孝冲,齐郡历城(今山东济南)人,祖籍清河。隋朝官员。唐代名相梁国公房玄龄之父,一生先后经历了东魏、北齐、北周和隋四个王朝的更替换代。

②居家:在家闲居。房彦谦当时看到炀帝荒淫无耻,朝政日非,十分失望,就辞官隐居了一段时间。

③定省:子女后辈早晚向亲长问安。《礼记·曲礼上》:"凡为人子之礼,冬温而夏凊,昏定而晨省。"郑玄注:"定,安其床衽也;省,问其安否何如。"

④亹亹(wěi wěi):勤勉不倦的样子。

【赏读】

唐代宰相房玄龄被唐太宗李世民称为天下第一功臣,任为中书令,封梁国公,监修国史。唐代史官柳芳称房玄龄"天下号为贤相"。透过这篇家训我们可以清晰地看到,一代贤相的出现是与严格的家教和纯朴的家风密不可分的。

正如本文所言,房彦谦将所得俸禄都拿来接济亲友,家里一直没有多余的钱财。所用的车子、衣服及器皿都相当俭朴。由于贫困,家中经常入不敷出,然而他却怡然自得,乐在其中。他说:"人皆因禄富,我独以官贫。所遗子孙,在于清白耳。"即人家都因官俸而富,我偏偏以做官而贫。留给子孙的财产,就只有清白了。

房彦谦的清白家风,潜移默化地影响了其子孙,塑造了一代名相房玄龄。房彦谦去世后,有人为其撰写碑文:"以风素自居,清虚味道……高亮之风,日闻于海内。"

诫皇属① 《戒子通录》

太宗尝谓皇属②曰:"朕即位十三年矣,外绝游观之乐,内却声色之娱。汝等生于富贵,长自深宫。夫弟子亲王,先须克己③。每著一衣,则悯蚕妇;每餐一食,则念耕夫。至于听断④之间勿先恣其喜怒。朕没亲临庶政⑤,岂敢惮于焦劳!汝等勿鄙人短,勿恃己长。乃可永久富贵,以保贞吉。先贤有言:逆吾者是吾师,顺吾者是吾贼,不可不察也。"

《戒子通录》

【注释】

①本篇记唐太宗李世民事。李世民以自己勤勉政事为例,告诫皇属克制自己。李世民(599~649),是唐高祖李渊和窦皇后的次子,唐朝第二位皇帝。唐朝建立后,李世民官居尚书令、右武侯大将军,受封为秦国公,后晋封为秦王,玄武门之变,李世民即位,改元贞观。是杰出的政治家、战略家、军事家。

②皇属:帝王家族中的后辈。《晋书·谯王承传》:"吾以闇短,托宗皇属。"

③克己:克服自己的欲望,约束自己。

④听断:决断讼事。

⑤庶政:各种政务。《易·贲》:"君子以明庶政,无敢折狱。"

【赏读】

太宗李世民经历过隋朝的灭亡,自然从中看出种种问题的存在。

如何打破现有的规律？在制度创新不易的情况下，就只好从个人的修为着手。李世民对子女的要求是：其一，事事严于律己，注重自身的德行修养。其二，珍惜财物，不可奢侈。其三，谦虚大度，宽以待人，善于学习和接纳不同意见。这些思想都不是大道理，他从切身的经验和体会出发，总结出来的教育思想，可谓别具一格。

他除了专门写了《帝范》《戒皇属》等训语，又命收集古今帝王子弟成败事，编成《自古诸侯王善恶录》，发给皇子们阅读。李世民的治国名论"舟所以比人君，水所以比黎庶，水能载舟，亦能覆舟"，这种话并不是表面文章，他懂得人治也是靠机遇和运气的，就看选择的是哪一条路。李世民共有14个儿子，为教育好太子和其他诸皇子，培养出大唐合格的接班人，这才有了这篇家训。

唐朝之所以能够成为中国历史长河中一个比较强盛、繁荣的时代，是与李世民开明的政治见解分不开的。作家郝明义曾说，心里面有一个自己佩服的人，可以鼓励你去做一些向他看齐的事。心里面有一个自己不以为然的人，可以提醒你不要做一些跟他一般的事。所以看到自己佩服的人做了什么事要记住，看到自己不以为然的人做了什么事也要记住。倘若以此与李世民的教育观相对照，也是有现实意义的。

诫子弟 柳玭①

　　夫门第高者，可畏不可恃。可畏者，立身行己，一事有坠先训，则罪大于他人。虽生可以苟取名位，死何以见祖先于地下？不可恃者，门高则自骄，族高则人之所嫉。实艺懿行②，人未必信；纤瑕微累，十手争指矣。所以承世胄者，修己不得不愨，为学不得不坚。夫人生世，以无能望他人用，以无善望他人爱，用爱无狀，则曰："我不遇时，时不急贤。"亦犹农夫卤莽而种，而怨天泽之不润，虽欲弗馁，其可得乎！

　　予幼闻先训，讲论家法。立身以孝悌为基，以恭默为本，以畏怯为务，以勤俭为法，以交结为末事，以义气③为凶人。肥家以忍顺，保交以简敬。百行备，疑身之未周；三缄默，虑言之或失。广记如不及，求名如倪来④。去吝与骄，庶几减过。莅官则洁己省事，而后可以言守法，守法而后可以言养人。直不近祸，廉不沽名。廪禄虽微，不可易黎甿之膏血；榎楚⑤虽用，不可恣偏狭之胸襟。忧与福不偕，洁与富不并。比见门家子孙，其先正直当官，耿介特立，不畏强御；及其衰也，唯好犯上，更无他能。如其先逊顺处己，和柔保身，以远悔尤；及其衰也，但有暗劣，莫知所宗。此际几微，非贤不达。

　　夫坏名灾己，辱先丧家。其失尤大者五，宜深志之。其一，自求安逸，靡甘澹泊，苟利于己，不恤人言。其二，不知儒术，不悦古道，懵前经而不耻，论当世而解颐，身既寡知,恶人有学。其三,胜己者厌之,佞己者悦之,唯乐戏谭,莫思古道。闻人之善嫉之,闻人之恶扬之,浸渍颇僻,锁刻德义,簪裾徒在,厮养何殊。其四,崇好慢游,耽嗜曲蘖⑥,以衔杯为高致,以勤事为俗流,习之易荒,觉已难悔。其五,急于名宦,昵近权要,一资半阶,虽或得之,众怒群情,鲜有存者。兹五不是,甚于痤疽。痤疽则砭石可疗,五失则巫医莫及。前贤炯戒,方册具存,近代覆车,闻见相接。

夫中人以下,修辞力学者,则躁进患失,思展其用;审命知退者,则业荒文芜,一不足采。唯上智则研其虑,博其闻,坚其习,精其业,用之则行,舍之则藏⑦。苟异于斯,岂为君子?

《全唐文》

【注释】

①柳玭(?~888),晚唐官员。京兆华原(今陕西铜川)人,出身于唐朝后期高官世家。其祖父柳公绰是著名书法家柳公权的哥哥,曾两登贤良方正科。

②实艺:真才。懿行:美德。

③义气:本指刚正之气,这里作侠义之气解。

④傥来:无意得来。无意得来的东西叫傥来之物。《庄子·缮性》:"轩冕在身,非性命也。物之傥来,寄者也。"成玄英疏:"傥者,意外忽来者耳。"

⑤榎楚:代指用作鞭笞的刑具。榎,楸树的别称。楚,古书上指牡荆,落叶灌木。

⑥曲蘖:酒母,这里作酒解。

⑦用之则行,舍之则藏:出自《论语·述而》,意思是被任用

就施展抱负，不被任用就藏身自好。

【赏读】

柳玭出身于唐朝后期高官世家。其祖父柳公绰是著名书法家柳公权的哥哥，曾当过刑部尚书、兵部尚书，父亲柳仲郢当过剑南东川节度使和刑部尚书，哥哥柳璧担任过谏议大夫，他本人也官至御史大夫。柳家虽为官宦世家，但世世代代治家很严，在社会上有很好的名声。

唐朝末年，社会风气不好，许多权贵子弟不务正业，整天是斗鸡赛马、花天酒地、钩心斗角、仗势欺人。有的家庭，先辈为官正直，不畏强暴，可子孙却是胡作非为，有辱门庭。有的家庭，父辈待人谦逊和顺，家风很好，可到子孙辈，却是为非作歹，家风衰败。

对于当时的社会现状，柳玭认为，出身门第高贵者尤需严于律己，否则，再大的家业，也会败落的。在社会发展史中，我们注意到一个规律，当家庭条件很差时，由于思考着改变命运，常常会奋发图强，做出一番成就。当成就确定之后，面临的是子女的成长，若忽视教育，可能第二代、第三代就难以有作为了。当一个人家庭条件很好之后，其子女的教育思想若没有更新，只是纵容，可能就使子女养成了懒惰的习惯。这也是人之常情，但如何才能将优良文化传承下去，很显然需要更多的思考。

良好的家庭教育可以避免子女在以后成长的路上走弯路。为此，柳玭提出要破除五种陋习：一是一心追求安逸，不甘于过清贫淡泊的生活。二是不懂得、不喜欢古代圣贤的教导。三是厌恶超过自己的人，喜欢巴结自己的人。四是游手好闲，嗜酒贪杯。五是一心想谋求高官，百般讨好权贵显要。

家庭教育向来是方法论居多，举一反三，触类旁通，是其要义。不管是动乱年代，还是和平时期，倘若掌握了为人处世的正确方法、策略，就不难把事情做好。这也是在提醒，倘若没有父母的言传身教，即便是再好的教育思想，恐怕也只是纸上谈兵。在这一点上，柳氏家族的做法是合格的，也是值得借鉴的。

诫子弟^①　王　旦^②

我家盛名清德，当务俭素，保守门风，不得事于泰侈^③，勿得厚葬，以金宝置柩中。

《宋史》

【注释】

①本篇记宋朝王旦临终时教育子弟之语。

②王旦（957~1017），字子明。大名莘县（今属山东）人。北宋名相，王祜子。太平兴国进士。以著作郎预编《文苑英华》。宋真宗咸平年间累官同知枢密院事、参知政事，景德三年拜相，监修《两朝国史》。

③泰侈：骄纵奢侈。《左传·襄公三十年》："大人之忠俭者，从而与之；泰侈者，因而毙之。"

【赏读】

俭素之风，由来久矣。俭素并非是单纯的节俭，而是对美好事物的珍惜，王旦所讲的"节俭"，似乎等同于今天的"断舍离"。

所谓"断舍离"，是日本杂物管理咨询师山下英子推出的概念：断，就是不买、不收取不需要的东西；舍，处理掉堆放在家里没用的东西；离，舍弃对物质的迷恋，让自己处于宽敞舒适、自由自在的空间。够用，刚刚好。

王旦所生活的时代，奢侈成风，这样的生活并不是王旦所要的。

因之，在对子女的教育问题上，强调"清德"与"俭素"。这种价值观不说是空谷足音，却也还是难得的呼声。大概每个时代都存在着俭素与奢侈的交叉矛盾，但从人类长远的发展史来看，奢侈常常带来的是毁灭性的打击，就如同我们对物质的需求，倘若没有止境，就有可能不择手段地尽力满足，最终也不会有好的结果。

多一点断舍离的思想，请从俭素开始。

家训 包 拯①

后世子孙仕宦，有犯赃滥者，不得放归本家；亡殁之后，不得葬于大茔②之中。不从吾志，非吾子孙。仰工刊石③，竖于堂屋东壁，以诏后世。

《包拯集》

【注释】

①包拯（999~1062），字希仁，庐州合肥（今属安徽）人，北宋官员，以清廉公正闻名于世。仁宗天圣进士。仁宗时任监察御史，后任天章阁待制、龙图阁直学士，官至枢密副使。

②大茔：聚族而葬的墓地。

③仰：旧时公文中的用语，上对下有命令切望的意思，下对上有恳请的意思。刊，刻。

【赏读】

本篇为北宋包拯晚年为子孙后代制定的一条家训。北宋名相包拯的故事，从古至今，不知听了几多，口头故事、戏剧、评书，都在重构一个"包青天"的形象。历史上像他这样的官员并不是特别多，明代的海瑞算是一位，因之国人才有"清官"情结。多一个清官，就多一分太平，但我们不能期望所有的官员都是清官。包拯深知，人性常常是靠不住的，贪欲是每个人都具有的，只是如何才能抑制贪欲，这就需要制度给以保障。

《论语》有云:"政者,正也。子帅以正,孰敢不正?"这也是包拯等人所强调的,为官要正气,其核心在于清白家风,这也是中国传统文化最根本的内容。千百年来,民间社会的运行常常依赖宗族、祠堂所构成,那也是读书人的心灵栖息地。官员在告老还乡之后,是不是得到认同,也还是在为官任上所做的事,是不是有令人称赞的地方。说到底,这是一种由衷的敬畏,是知耻文化的结果。

与十二侄① 欧阳修②

自南方多事以来，日夕忧汝。得昨日递中书，知与新妇诸孙等各安，守官无事，顿解远想。吾此哀苦如常。欧阳氏自江南归明，累世蒙朝廷官禄，吾今又蒙荣显，致汝等并列官裳，当思报效。偶此多事，如有差使，尽心向前，不得避事。至于临难死节，亦是汝荣事，但存心尽公，神明亦自佑，慎不可思避事也。昨书中言欲买朱砂来，吾不缺此物，汝于官下宜守廉，何得买官下物。吾在官所，除饮食物外，不曾买一物，汝可安此为戒也。已寒，好将息。不具。吾书送通理十二郎。

《欧阳永叔集》

【注释】

①本篇为北宋欧阳修在皇祐四年（1052）写给侄儿十二郎（欧阳通理）的家书。

②欧阳修（1007~1072），字永叔，号醉翁、六一居士，吉州吉水（今属江西）人，政治家、文学家，因吉州原属庐陵郡，以"庐陵欧阳修"自居。官至翰林学士、枢密副使、参知政事，谥号文忠，世称欧阳文忠公。

【赏读】

《宋史》载，欧阳修在十多年任地方官期间，"不见治迹，不求声誉,宽简而不扰,故所至民便之",这比起后来大搞政绩工程甚至虚假政绩的某些地方官员实在有霄壤之别。

欧阳修与滕子京的故事少为人知。滕子京之所以今天被人记住,与范仲淹的那篇《岳阳楼记》大有关系。滕子京与范仲淹是同期进士,范仲淹对滕子京数次提携力助,交情非同一般。但是这滕子京却是个会花钱的主,不仅会花钱而且还弄得账目不清。于是,他数次遭弹劾,乃至追查、贬职。滕子京为防牵连他人,将账簿名册一把火给烧了。此事成为滕子京一生最有争议的焦点,范仲淹与欧阳修都参与了进来。欧阳修为此还为他说好话。后来,滕子京到了岳阳便大兴土木,修堤修楼。但欧阳修与他保持了距离。在史论家看来,当初出手相援,是出于公心,今天保持距离,便是出于内心的公义,这就是欧阳修的风骨和分寸。

训俭示康 司马光[1]

　　吾本寒家，世以清白相承。吾性不喜华靡，自为乳儿，长者加以金银华美之服，辄羞赧弃去之。二十忝科名[2]，闻喜宴独不戴花。同年曰："君赐不可违也。"乃簪一花。平生衣取蔽寒，食取充腹；亦不敢服垢弊以矫俗干名，但顺吾性而已。众人皆以奢靡为荣，吾心独以俭素为美。人皆嗤吾固陋，吾不以为病。应之曰："孔子称'与其不逊也宁固'，又曰'以约失之者鲜矣'，又曰'士志于道，而耻恶衣恶食者，未足与议也'。古人以俭为美德，今人乃以俭相诟病。嘻，异哉！"

　　近岁风俗尤为侈靡，走卒类士服，农夫蹑丝履。吾记天圣中，先公为群牧判官，客至未尝不置酒，或三行、五行，多不过七行。酒酤于市，果止于梨、栗、枣、柿之类；肴止于脯、醢、菜羹，器用瓷、漆。当时士大夫家皆然，人不相非也。会数而礼勤，物薄而情厚。近日士大夫家，酒非内法，果、肴非远方珍异，食非多品，器皿非满案，不敢会宾友，常量月营聚，然后敢发书[3]。苟或不然，人争非之，以为鄙吝。故不随俗靡者，盖鲜矣。嗟乎！风俗颓弊如是，居位者虽不能禁，忍助之乎！

　　又闻昔李文靖公[4]为相，治居第于封丘门内，厅事前仅容旋马，或言其太隘。公笑曰："居第当传子孙，此为宰相厅事诚隘，为太祝奉礼厅事已宽矣。"参政鲁公[5]为谏官，真宗遣使急召之，得于酒家，既入，问其所来，以实对。上曰："卿为清望官，奈何饮于酒肆？"对曰："臣家贫，客至无器皿、肴、果，故就酒家觞之。"上以无隐，益重之。张文节⑥为相，自奉养如为河阳掌书记时，所亲或规之曰："公今受俸不少，而自奉若此。公虽自信清约，外人颇有公孙布被之讥⑦。公宜少从众。"公叹曰："吾今日之俸，虽举家锦衣玉食，何患不能？顾人之常情，由俭入奢易，由奢入俭难。吾今日之俸岂能常有？身岂能常存？一旦异于今日，家人习奢已久，不能顿俭，必致失所。岂若吾居位、去位、身存、身亡，常如一日乎？"呜呼！大贤之深谋远虑，岂庸人所及哉！

御孙⑧曰："俭，德之共也；侈，恶之大也。"共，同也；言有德者皆由俭来也。夫俭则寡欲，君子寡欲，则不役于物，可以直道而行；小人寡欲，则能谨身节用，远罪丰家⑨。故曰："俭，德之共也。"侈则多欲。君子多欲则贪慕富贵，枉道速祸；小人多欲则多求妄用，败家丧身；是以居官必贿，居乡必盗。故曰："侈，恶之大也。"

昔正考父饘粥以糊口，孟僖子知其后必有达人⑩。季文子相三君⑪，妾不衣帛，马不食粟，君子以为忠⑫。管仲镂簋朱纮，山节藻棁⑬，孔子鄙其小器⑭。公叔文子享卫灵公，史鳅知其及祸⑮。及戌，果以富得罪出亡。何曾日食万钱，至孙以骄溢倾家⑯。石崇以奢靡夸人，卒以此死东市⑰。近世寇莱公⑱豪侈冠一时，然以功业大，人莫之非，子孙习其家风，今多穷困。其余以俭立名，以侈自败者多矣，不可遍数，聊举数人以训汝。汝非徒身当服行，当以训汝子孙，使知前辈之风俗云。

《温国文正司马公文集》

【注释】

①司马光（1019~1086），字君实，号迂叟，陕州夏县（今属山西）人，世称涑水先生。政治家、史学家、文学家。历仕仁宗、英宗、神宗、哲宗四朝，卒赠太师、温国公，谥文正。为人温良谦恭、刚正不阿；做事用功刻苦、勤奋。著作甚多，主要有史学巨著《资治通鉴》以及《温国文正司马公文集》《稽古录》《涑水记闻》《潜虚》等。

②忝科名：名列进士的科名。忝，辱，谦语。意思是自己名列在内，使同科之人受辱。

③发书：发出请柬。

④李文靖公：李沆（947~1004），字太初，洺州肥乡（今属河北）人。宋真宗时宰相，时人称为"圣相"。死后谥为文公。

⑤参政鲁公：鲁宗道（966~1029），字贯之，亳州（今属安徽）人。北宋著名谏臣。少年孤贫，生活于外祖父家。时人称为"鱼头参政"，以刚正著称。死后谥为肃简。

⑥张文节：张知白（？~1028），字用晦。沧州清池（今河北沧州东南）人。宋仁宗初年宰相。为官以清廉自守，无毫厘之私，虽身居显位，而俭朴如寒士。死后谥为文节。

⑦公孙布被之讥：典出班固《汉书·公孙弘传》。西汉武帝时期公孙弘位列三公，俸禄很高，但经常衣着朴素，别人认为他是假装的。这就是"布被之讥"。

⑧御孙：春秋时期的鲁国大夫。事迹见左丘明《左传·庄公二十四年》。

⑨"远罪丰家"句：《论语·卫灵公》有"直道而行"的话；《孝经·庶人章》有句"谨身节用，以养父母，此庶人之孝也"。这里暗用典故，恰到好处。

⑩"昔正考父"二句：事见《左传·昭公七年》。正考父以饘粥维持生活，孟僖子据此推知他的后代必出显达之人。正考父，春秋时期的宋国大夫，孔子的远祖。饘，稠粥。孟僖子，鲁国大夫孙貜。

⑪季文子相三君：事见《左传·襄公五年》。季文子，春秋时期的鲁国大夫季孙行父。三君，指鲁文公、鲁宣公和鲁襄公。

⑫君子以为忠：语出《左传·襄公五年》："君子是以知季文子之忠于公室也。"

⑬"管仲"句：管仲（前719~前645），名夷吾，字仲，颍上（颍水之滨）人，商人出身，春秋时期的齐国宰相，辅佐齐桓公成就霸业。镂簋朱纮，山节藻棁：都是形容管仲的生活奢侈。

⑭孔子鄙其小器：语出《论语·八佾》："子曰：管仲之器小哉！"此句是对管仲奢侈生活的批评。器，度量，胸怀。

⑮"公叔文子"二句：事见《左传·定公十三年》："初，卫公叔文子朝而请享灵公，退，见史䲡而告之。史䲡曰：'子必祸矣！子富而君贪，罪其及子乎？'""及文子卒，卫侯始恶于公孙戌，以其富也。"定公十四年春，卫侯驱逐公孙戌。公孙戌于是逃亡到鲁国。公孙文子，春秋时期的卫国大夫公孙发。史䲡，卫国大夫。享卫灵公，请卫灵公到家里做客。

⑯"何曾"句：何曾，字颖考，晋武帝时官至太傅。《晋书·何曾传》：何曾"性奢豪，务在华侈，日食万钱，犹曰：'无下箸处'"。又说，何曾的子孙都奢侈傲慢。到了晋怀帝永嘉年间，何氏一族灭亡，荡无遗存。

⑰"石崇"句：石崇（249~300），字季伦，小名齐奴。渤海南皮（今河北南皮东北）人。西晋开国元勋石苞第六子，官至侍中，富豪，"金谷二十四友"之一。东市，洛阳城东行刑的地方。

⑱寇莱公：寇准（961~1023），字平仲，华州下邽（今陕西渭

南北）人。北宋政治家。为官直言敢谏。宋真宗景德年间宰相，后封为莱国公。死后谥"忠愍"。

【赏读】

在司马光生活的年代，社会风俗日益奢侈腐化，人们竞相讲排场、比阔气，奢侈之风盛行——当差的走卒穿的衣服和士人差不多，下地的农夫脚上也穿着丝鞋，许多人为了酬宾会友常"数月营聚"，大操大办。这种奢靡之风，让熟悉历史的司马光感到深深的焦虑，这种社会风气对年轻人的思想腐蚀作用是很大的。

在这样的环境中生活，非得有一定的操守不可。司马光认为节俭足以养德。他就通过历史上的许多奢侈败家的案例来教育儿子司马康，奢侈生活看上去很美好，却未必能够让家族长期存活下去。长期研究历史学的司马光自然站在历史的高度来看待这个问题，显示出独特的识见。奢华如同美酒，品尝一下很好，一旦过量就容易出现问题了。

"汝非徒身当服行，当以训汝子孙，使知前辈之风俗云。"这样的风俗要一代代传下去，才能保证家业兴隆，基业长青。小至家庭、家族，大至国家，皆是如此。

教子以义方① 司马光

石碏②谏卫庄公③曰:"臣闻爱子教之以义方④,弗纳于邪⑤。骄奢淫逸,所自邪也。四者之来,宠禄过也。"自古知爱子不知教,使至于危辱乱亡者,可胜数哉!夫爱之,当教之使成人。爱之而使陷于危辱乱亡,乌在其能爱子也⑥?人之爱其子者多曰:"儿幼,未有知耳,俟其长而教之。"是犹养恶木之萌芽,日俟其合抱而伐之,其用力顾不多哉?又如开笼放鸟而捕之,解缰放马而逐之,曷若勿纵勿解之为易也!

《家范》

【注释】

①本篇选自司马光所著的《家范》。《家范》是历代推崇的家教范本,全书共十九篇,系统地阐述了封建家庭的伦理关系、治家原则以及修身养性和为人处世之道。

②石碏:春秋时卫国大夫,卫桓公十六年(前719),公子州吁袭杀卫桓公,自立为卫君,其子石厚参与其谋。他把州吁与石厚诱到陈国,请陈桓公处死二人。

③卫庄公:春秋时期卫国第十二任国君,名扬,卫武公之子,公元前757年至前735年在位。

④义方:指行事应该遵守的规矩法度。后指家教。《逸周书·官人》:"省其居处,观其义方。"

⑤纳于邪:接受错误的东西,或教给人错误的东西。

⑥乌在其能爱子：意为他能疼爱孩子（的特点或表现）在哪里啊。

【赏读】

　　司马光的《家范》自问世后，在社会上层仕宦之家广为流传。南宋宰相赵鼎，就曾让他的子孙各自抄录一本《家范》以作为永久之法。这篇文章看似不过是摆龙门阵，但讲的是一个严肃的问题，到底怎样才能教孩子走上正路？

　　如何做父母，大有学问。自古以来许多父亲都知道疼爱子女，却不懂得教育子女，以至于使他们危害他人，自取灭亡，这样的事例还少吗？疼爱子女，就应当教育他们，培养他们成人，这都是有方法的。《礼记·曲礼》云："幼子常视毋诳。""立必正方，不倾听。""长者与之提携，则两手奉长者之手。负剑辟咡诏之，则掩口而对。"这些虽是正常人应有的规矩，若做到也不易。

　　宋代的"官二代"常常做出有违常理的事，对此司马光自然清楚。不溺爱孩子，教给他正常的为人处世之道，也就是德善之道。但若是教育过于严格，就走向了教育的反面，孩子可能在未来处事上畏首畏尾，难以施展出应有的才学出来。这是教育的两个极端。司马光认为，"如开笼放鸟而捕之，解缰放马而逐之，曷若勿纵勿解之为易也"。

诫子弟言 范纯仁①

人虽至愚,责人则明;虽有聪明,恕己则昏。苟能以责人之心责己,恕己之心恕人,不患不至圣贤地位也。

《宋史》

【注释】

①范纯仁(1027~1101),字尧夫,吴县(今江苏苏州)人,范仲淹次子。北宋大臣,人称"布衣宰相"。宋仁宗皇祐元年进士。曾从胡瑗、孙复学习。父亲殁后,出仕知襄城县,累官侍御史、同知谏院,出知河中府,徙成都路转运使。宋哲宗立,拜官给事中,元祐元年(1086)同知枢密院事,后拜相。宋哲宗亲政,累贬永州安置。范纯仁于宋徽宗立后,官复观文殿大学士,后以目疾乞归。谥忠宣,著有《范忠宣公集》。

【赏读】

范纯仁所说的"苟能以责人之心责己,恕己之心恕人,不患不至圣贤地位也",可看作是对处世之道的最佳解读。

处世讲究的是方法论,且要有底线。在日常生活中,需要对世事洞察,能够把握住人生的方向,即世道再乱,也需有底线,而不是苟活下去。因之,范纯仁的话成为千古格言自有其道理。

简单的道理,来自对复杂世界的总结,正因如此才经得起考验。

在现实生活中，要让自己保持清醒的头脑，做人做事真不是简单的事，那是需在复杂世界里有独特的观察，并给以恰当处理，这才有好的结果吧。

诫子孙（节选） 贾昌朝[①]

  吾见近世以苛剥为才，以守法奉公为不才；以激讦[②]为能，以寡辞慎重为不能。遂使后生辈当官治事，必尚苛暴，开口发言，必高诋訾。市怨贾祸[③]，莫大于此。用是得进者有之矣，能善终其身，庆及其后者，未之闻也。

  复有喜怒爱恶，专任己意。爱之者变黑为白，又欲置之于青云；恶之者以是为非，又欲挤之于沟壑。遂使小人奔走结附，避毁就誉。或为朋援，或为鹰犬，苟得禄利，略无愧耻。吁，可骇哉！吾愿汝等不厕其间。

  又见好奢侈者，服玩[④]必华，饮食必珍，非有高资厚禄，则必巧为计划，规取货利，勉称其所欲。一旦以贪污获罪，取终身之耻，其可捄哉[⑤]！

《戒子通录》

【注释】

  ①贾昌朝（997~1065），字子明。宋朝宰相、文学家、书法家，真定获鹿（今属河北）人。真宗朝赐同进士出身。庆历中同中书门下平章事，封魏国公，谥文元，卒年68岁。著作有《群经音辨》《通纪时令》等。

  ②激：猛烈。讦：揭别人的短处或隐私。《后汉书·杨震传》："今赵腾所坐，激讦谤语为罪，与手刃犯法有差。"

  ③市怨贾祸：指招来怨恨和祸害。市、贾，都是买的意思。

④服玩：服饰和玩好。南朝刘义庆《世说新语·任诞》："祖车骑过江时，公私俭薄，无好服玩。"

⑤捄：同"救"。

【赏读】

做人要谨言慎行，这一点也是大有益处的。言语看似小事，却也反映一个人的个性与修养。贾昌朝举例子说，动不动就诋毁或指责别人，而不考虑问题的后果，就可能使人厌恨，结果是不得善终。这让我想起古人有"四观"来看人是否可交："观人于临财，观人于临难，观人于忽略，观人于酒后。"这涉及深入人性的四个方面：爱财是否取之有道，临难是否从容镇定，办事是否漫不经心，酒后是否放任自流。有分寸感就不贪、有意志力就不怕、有责任心就不懒、有自控性就不乱。

有时，我们不能寄希望于社会给予个人多少公平，而是应当自己努力去争取，放下心中的怨念，以良好的心态做最好的自己，这才能赢得世人的尊重，而这同样是做人的成功方式。贾昌朝们在政坛一步步走上高位，自然懂得其中的潜规则和暗黑之处，如果没有好的心态，恐怕早就止步不前了，哪里还能做到宰相职位呢？

贾昌朝为政多年，自然知道明哲保身之道。在他看来，只有懂得这些道理，才能在未来走得更远。有的人之所以在通往伟大的路上越走越远，就是因为他懂得自己的弱点，这才有日益变得强大的过程。

廉勤为本[1] 赵鼎[2]

凡在仕宦,以廉勤为本。人之才性各有短长,固难勉强,唯廉勤二字,人人可至。廉勤,所以处己,和顺,所以接物,与人和则可以安身,可以远害矣。

《家训笔录》

【注释】

①本篇选自南宋赵鼎的《家训笔录》,标题为编者所加。《家训笔录》写于绍兴十四年(1144),是赵鼎被黜以后所写的,要求家人以司马光的《家范》《训俭示康》等为范本修身治家。

②赵鼎(1085~1147),字元镇,自号得全居士。南宋解州闻喜(今属山西)人。宋高宗时政治家、名相、词人。孝宗朝,赠太傅、丰国公。谥忠简。淳熙十五年(1188),配享高宗庙,为昭勋阁二十四功臣之一。被称为南宋中兴贤相之首。与李纲、胡铨、李光并称为南宋四名臣。

【赏读】

南宋朝廷看上去不过是偏安江南,但其社会文化氛围浓厚,是不争的事实。赵鼎是个苦命的孩子,四岁亡父,幸赖母亲樊氏教他读书学习,遂通经史百家之书。《家训笔录》共有三十项,主要内容是关于不许家人分割田产以及衣食分配方法之类的家务琐事,但也有不少项目是教育子孙读书明理、修身做人的。这也可以看出他对教育的珍视。

　　对于家训，作为一代名臣的赵鼎要求甚严："子孙世守之，不得有违。"总结起来说，德善之道就在于廉勤。在他看来，这"所以处己，和顺，所以接物，与人和则可以安身，可以远害矣"。趋利避害，本来就是人的天性。但一味地讲人性，忽略掉了正义、公正，也就只是为一己之私而已。还有一种情况是，有的人表面上满口仁义道德，但做起事情来，则不顾礼义廉耻，这样的人一旦事情败露，就会遭受到历史的唾骂，这样的"害"是让人警醒的。

贪求自息①   陆游②

世之贪夫,溪壑无餍③,固不足责。至若常人之情,见他人服玩,不能不动,亦是一病。大抵人情慕其所无,厌其所有,但念此物若我有之,竟何使用?使人歆羡,于我何补?如是思之,贪求自息,若天性澹然,或学问已到者,固无待此也。

《放翁家训》

【注释】

①本篇选自宋代陆游的《放翁家训》,是陆游教育子孙要正确对待物质利益,不要贪得无厌。

②陆游(1125~1210),字务观,号放翁,越州山阴(今浙江绍兴)人,南宋史学家、爱国诗人。与范成大、杨万里、尤袤并称"中兴四大诗人",兼工文、史、词,具有多方面的文学成就。陆游的著作有《剑南诗稿》《渭南文集》《老学庵笔记》《南唐书》等。

③溪壑无餍:即欲壑难填。形容贪心太重,总是不能满足。《国语·晋语八》:"叔鱼生,其母视之,曰:'是虎目而豕喙,鸢肩而牛腹,溪壑可盈,是不可餍也,必以贿死。'"

【赏读】

陆游一生极重家庭教育,写了大约二百首有关教育子女的家训诗。《放翁家训》是陆游的一部家训专著,此书由两部分组成。前一部分写于乾道四年五月十一日，其时年四十四岁。后一部分写于其八十岁左右。此书是陆游结合自己的切身经验写成，故每有道德教育方面的独特发人深省之处。

意大利的美学大师翁贝托·艾柯曾在《美的历史》中写道："超脱的态度使我们将一件善事界定为美，而不起思齐置身其地之心。"陆游所处的南宋王朝，虽看似偏安一角，但经济极为发达，城市生活里的吃喝玩乐内容也很丰富。陆游对此十分警惕："但念此物若我有之，竟何使用？使人歆羡，于我何补？"这是一种清醒，也是一种超脱。

陆游的教育观十分具有成效，七个儿子中不乏为官之人，都能够传承他的思想做个洒脱正直之人。相对于纨绔子弟的逍遥自在，看似拘束，实则是谋求长远的生存之道，这是稍有文化的人都明白的道理。

记王忠肃公翱二事[①] 崔铣

公（王翱）为吏部尚书，忠清，为英皇[②]所信任。仲孙以荫入监[③]，将应秋试，以有司印卷，白公。公曰："汝才可登第，吾岂忍蔽之哉！如汝误中选，则妨一寒士矣。且汝有阶得仕，何必强所不能，以幸冀非分邪？"列[④]卷火[⑤]之。

公一女，嫁为畿辅[⑥]某官某妻。公夫人甚爱女，每迎女，婿固不遣，恚而语女曰："而翁典铨[⑦]，迁我京职，则汝朝夕侍母；且迁我如振落叶耳，而固吝者何？"女寄言于母。夫人一夕置酒，跪白公。公大怒，取案上器击伤夫人，出，驾而宿于朝房，旬乃还第。婿竟不调。

《洹词》

【注释】

①本篇记明朝名臣王翱教育子女事，选自崔铣著《洹词》。《洹词》共十二卷，因崔铣家安阳境有洹水，故名。书中内容不分体裁、编年排次，集杂著、笔记于一体。王翱（1384~1467），字九皋，盐山（今属河北）人。永乐十三年（1415）进士，授大理寺左寺正，左迁为行人，宣德初年擢御史。一生历仕七朝，辅佐六帝，刚明廉直。成化三年（1467），王翱逝世，年八十四，获赠太保，谥号忠肃。

②英皇：指明英宗朱祁镇。

③入监：进国子监学习。
④列：通"裂"，撕碎。
⑤火：用作动词，烧。
⑥畿辅：京城郊区。
⑦典铨：主持选用官吏。典，主管，执掌。铨，量才授官。

【赏读】

　　王翱，明朝永乐进士，历经成祖、仁宗、宣宗、英宗、景帝五朝，共五十二年，称五朝元老。他身居官场几十年，虽位高权重，但始终清正廉洁，以身作则，表率群臣。

　　其孙子王辉因恩荫而入太学，想要参加秋试，王翱却说"汝误中选，则妨一寒士矣"，看来是很清醒地知道自己孙子的才学啊。女婿官职太小，想着换个好一些的职位，偏巧自己的岳父大人管这事，升迁也是情理之中的吧。何况从王翱的角度考虑问题，女婿毕竟比"外人"关系更近一层，如果提拔也有利于形成自己的团队。但王翱就是拒绝了。

　　王翱一生清正自守，循礼守法，谨慎而独善其身，秉公任事而廉朴为官，他的事迹历来为人称道，名声永垂青史。

家书　史桂芳①

陶侃运甓②，自谓习劳，盖有难以直语人者。劳则善心生，养德、养身咸在焉；逸则妄念生，丧德、丧身咸在焉。吾命言儿稽孙③，不外一"劳"字；言劳耕稼，稽劳书史，汝父子其图之！

《历代名人家书》

【注释】

①史桂芳：字景实，号惺堂，鄱阳人。明代文学家。嘉靖三十二年（1553）进士。初知歙县，历延平、汝宁二府，迁两浙运使。有《惺堂文集》十四卷。

②陶侃运甓（pì）：典出《晋书·陶侃传》：侃在州无事，辄朝运百甓于斋外，暮运于斋内。人问其故，答曰："吾方致力中原，过尔优逸，恐不堪。"后来，人们用"运甓"表示励志勤力，不畏往复。陶侃，东晋时期名将。甓，砖。

③言儿稽孙：言是史桂芳的儿子的名。稽是史桂芳的孙子的名。

【赏读】

亲近农事，参与劳作，在帝王将相的眼里，能够达到修身养性的高度。《诗经·魏风》有言："不稼不穑，胡取禾三百廛兮？"或言之，没有辛勤的劳动，就没有美好生活的到来。

在史桂芳看来，养德的方式有多种可能性，不只是节俭一途，也可通过劳动、思考等方式达到目的。这就要求在养德问题上，需要时刻警醒，保持自制力，锻炼意志力，在劳动中获取人文情怀，对生活多一些敬畏，从而才能使人生有所升华。这才是养德的目的。

明代经济发展较好，城市生活丰富，玩家众多。对于不少子弟来说，劳动多少有些陌生。史桂芳深知社会弊病所在，因之在家训中对"劳"和"逸"有其独到之见："人生天地间，只有勤苦方可做圣贤。"他所强调的与胡达源"物闲则蠹，人闲则废"是一致的。

治家格言（节选）[①]　朱柏庐[②]

一粥一饭，当思来之不易；半丝半缕，恒念物力维艰。
宜未雨而绸缪[③]，毋临渴而掘井[④]。
重资财，薄父母，不成人子。
教子要有义方。
因事相争，焉知非我之不是，须平心暗想。
善欲人见，不是真善，恶恐人知，便是大恶。

《朱子家训》

【注释】

①本篇选自《朱子家训》，记录朱柏庐治家的名言警句。是书内容简明扼要，文字通俗易懂，朗朗上口，问世以来，不胫而走，成为有清一代家喻户晓、脍炙人口的教子治家的经典家训。

②朱柏庐（1617~1688）：名用纯，字致一，号柏庐，明末清初江苏昆山人。著名理学家、教育家。明诸生，入清隐居教读，居乡教授学生，潜心治学，以程、朱理学为本，提倡知行并进，躬行实践。著有《治家格言》《愧讷集》《大学中庸讲义》。

③未雨而绸缪：原意是在没有下雨的时候，就要把门窗捆绑牢固。比喻事先做好准备工作。《诗经·豳风》："迨天之未阴雨，彻彼桑土，绸缪牖户。"

④临渴而掘井：到口渴的时候才去挖水井。比喻不早做准备，事到临头才想办法。《黄帝内经·素问》："夫病已成而后药之，乱

已成而后治之，譬犹渴而穿井，斗而铸锥，不亦晚乎！"

【赏读】

《朱子家训》又名《朱子治家格言》《朱柏庐治家格言》，是以家庭道德为主的启蒙教材。《朱子家训》从治家的角度谈了安全、卫生、勤俭、有备、饮食、房田、婚姻、美色、祭祖、读书、教育、财酒、戒性、体恤、谦和、无争、交友、自省、向善、纳税、为官、顺应、安分、积德等诸方面的问题，核心就是要让人成为一个正大光明、知书明理、生活严谨、宽容善良、理想崇高的人，这也是中国文化的一贯追求。

治家是个综合问题，牵涉到日常生活里的许多小细节。最能打动人心的并非是宏大叙事，而是点滴的小事。《朱子家训》里的话多是最平常的话语，也在阐释千百年不变的人伦道理。那不是上纲上线的道德高地，而是在生活中的点滴汇集的正能量。

朱柏庐是个哲学家，他主张知行并进，言行合一。对待《朱子家训》，他既是倡导者，也是实践者，身体力行。明朝灭亡后，他就携家眷隐居山林，过着既清贫又和睦的生活，在当时曾传为美谈。

示儿① 张履祥②

忠信笃敬,是一生做人根本。若子弟在家庭,不敬信父兄;在学堂不敬信师友,欺诈傲慢,习以性成,望其读书明义理,向后长进,难矣。

欺诈与否,于语言见之;傲慢与否,于动止见之,不可掩也。自以为得,则害己;诱人出此,则害人。害己必至害人,害人适以害己。人家生此子弟,是大不幸,戒之戒之。戊申春秋书。

《杨园先生全集》

【注释】

①本篇为明代张履祥写给儿子的家训。张履祥晚年得子,担心自己不能完成教育子孙的使命,故而撰写了《训子语》。

②张履祥(1611~1674):字考夫,号念芝。浙江桐乡人,世居杨园村,故学者称杨园先生。明末清初著名理学家,清初朱子学的倡导者。

【赏读】

狄更斯说,在你的人生中永远不要弄破四样东西:信任、关系、诺言和心。因为当它们破了,不会发出任何声响,却异常痛苦。这和张履祥说的一致:忠信笃敬,是一生做人根本。在中国传统文化里,有许多优秀的文化基因,其强调的是通过自律达到人生的境界,忠信笃敬就是其中之一。

张履祥作为一介布衣，生活在底层，却因视野的不同，看到的世界与乡人不同。为什么会有这样的差异？知识渊博是其一，求知与好奇则让他找到认知世界的路径不同，且善于思考，这就决定了他的视野是宽广的。

潍县署中与舍弟墨第二书(节选) 郑板桥①

  余五十二岁始得一子,岂有不爱之理!然爱之必以其道,虽嬉戏玩耍,务令忠厚悱恻②,毋为刻急也。……我不在家,儿子便是你管束。要须长其忠厚之情,驱其残忍之性,不得以为犹子③而姑纵惜也。家人④儿女,总是天地间一般人,当一般爱惜,不可使吾儿凌虐他。凡鱼飧果饼⑤,宜均分散给,大家欢嬉跳跃。若吾儿坐食好物,令家人子远立而望,不得一沾唇齿;其父母见而怜之,无可如何,呼之使去,岂非割心剜肉乎!夫读书中举中进士做官,此是小事,第一要明理作个好人。可将此书读与郭嫂、饶嫂⑥听,使二妇人知爱子之道在此不在彼也。

《郑板桥集》

【注释】

  ①郑板桥(1693~1765):名燮,字克柔,号板桥,人称板桥先生,江苏兴化人,祖籍苏州。清代著名画家、书法家。乾隆元年(1736)进士。官山东范县、潍县县令。为"扬州八怪"之一,其诗、书、画世称"三绝",是清代有代表性的文人画家。

  ②悱恻:本指内心忧痛,这里是指富有同情心。

  ③犹子:侄子。

  ④家人:这里指仆人。

  ⑤鱼飧果饼:指零食。

⑥郭嫂、饶嫂：郑板桥的妻妾。

【赏读】

郑板桥曾官至山东范县、潍县县令，官不大，却有政声，"以岁饥为民请赈，忤大吏，遂乞病归"。他虽为"扬州八怪"之一，诗、书、画世称"三绝"，日子却过得不宽裕。这跟他的读书人本色有关。

"民于顺处皆成子，官到闲时更读书"，这与郑板桥的民本思想很契合。再看这封书信，能体会到他的人情味。家常小事，重要的不只是懂得其中的道理，而是在生活中切实去做。这一点，亦说明知与行合一，却是不易的。

郑板桥所说的"忠厚悱恻"，即善待。你想人家怎样对待你，你就得怎样去对待人家。这也是角色转换时，要对周遭的人事存在敬畏之心。为什么我们读到大师的人物传记，大多数人是谦谦君子，待人接物，各有风度？或许是因为他们在生活中遭遇荆棘、挫折，才逐渐发现人性中的善，以一颗友善的心对待，同样收到的是友善。

曾到过兴化的郑板桥故居，那里可谓简陋至极，隐居在小巷里，与世无争的院落，书房外，几根竹子，清风吹过，枝叶婆娑，倒也真是一种情致。

寄内子① 纪 昀

　　父母同负教育子女责任,今我寄旅京华②,义方之教③,责在尔躬④。而妇女心性,偏爱者多。殊不知,爱之不以其道,反足以害之焉。其道维⑤何?约言之,有四戒四宜:一戒晏⑥起,二戒懒惰,三戒奢华,四戒骄傲。既守四戒,又须规以四宜:一宜勤读,二宜敬师,三宜爱众,四宜慎食。以上八则,为教子之金科玉律,尔宜铭诸肺腑,时时以之教诲三子。虽仅十六字,浑括无穷,尔宜细细领会,后辈之成功立业,尽在其中焉。

《纪晓岚家书》

【注释】

①本篇为纪昀给夫人的一封关于教育孩子的家书。纪昀(1724~1805),字晓岚,晚号石云,又号观弈道人、孤石老人、河间才子。献县人。乾隆进士,官至礼部尚书、协办大学士。历雍正、乾隆、嘉庆三朝。嘉庆帝御赐碑文"敏而好学可为文,授之以政无不达",故卒后谥号文达,乡里世称文达公。纪昀学问渊博,长于考证训诂,曾任《四库全书》总纂修官,著有《阅微草堂笔记》。

②京华:北京。

③义方之教:古人称教子为义方之教。

④尔躬:你自己。躬,自身。

⑤维:为,是。

⑥晏（yàn）：迟，晚。

【赏读】

有清一代文人，纪晓岚不能不提。他的《阅微草堂笔记》，读来趣味多多，一部《四库全书》更是让读书人佩服得不得了。至于有关他的机智轶事，更不知凡几。纪晓岚曾给自己写过一首词，其中两句是："浮沉宦海如鸥鸟，生死书丛不老泉。"这真是他的一生写照。

因为懂得，所以才能游刃有余地生活。这可概括为纪晓岚对人情世故的理解。历史上的纪晓岚，可谓是官场的老滑头，他也是贪官和珅的忘年交，看似游戏人间，却是能够游刃有余，不能不说他深谙生存智慧。中国古代官场，是专制，也是人治，倘若处事不圆滑，出局是早晚的事。试想，在现实生活中，有多少官员可拿身家性命来换取一世英明。

纪晓岚所说的"四戒四宜"并不只是经验之谈，还包括了提高个人素质以及和权力对话的资本。今天所讲究的"资本"，是对话的资格，也是做事的底气。我们做事情也好，跟人交流也罢，无非是一种对话与沟通，在平等中才能产生思想的火花，只要不违背做人的底线，那就不妨去做。

训次儿聪彝[①] 林则徐

字谕聪彝儿,尔兄在京供职,余又远戍塞外,惟尔奉母与弟妹居家,责任綦重[②]。所当谨守者有五:一须勤读敬师;二须孝顺奉母;三须友于爱弟;四须和睦亲戚;五须爱惜光阴。

尔今年已十九矣,余年十三补弟子员,二十举于乡。尔兄十六入泮[③],二十二登贤书[④]。尔今犹是青衿[⑤]一领。本则三子中,惟尔资质最钝,余固不望尔成名,但望尔成一拘谨笃实子弟,尔若堪弃文学稼[⑥],是余所最欣喜者。盖农居四民之首,为世间第一等最高贵之人,所以余在江苏时,即嘱尔母购置北郭隙地,建筑别墅,并收买四围粮田四十亩,自行雇工耕种,即为尔与拱儿预为学稼之谋。尔今已为秀才矣,就此抛撇诗文,常居别墅,随工人以学习耕作,黎明即起,终日勤动而不知倦,便是长田园之好子弟。

至于拱儿,年仅十三,犹是白丁,尚非学稼之人,宜督其勤恳用功。姚师乃侯官名师,及门弟子领乡荐[⑦]、捷礼闱者[⑧],不胜偻指计[⑨]。其所改拱儿之窗课[⑩],能将不通语句,改易数字,便成警句。如此圣手,莫说侯官士林中都推重为名师,只恐遍中国亦罕有第二人也。拱儿既得此名师,若不发愤攻苦,太不长进矣。前月寄来窗课五篇,文理尚通,惟笔下太嫌枯涩,此乃欠缺看书功夫之故。尔宜督其爱惜光阴,除诵读作文外,余暇须批阅史籍,惟每看一种,须自首至末,详细阅完,然后再易他种,最忌东拉西扯,阅过即忘,无补实用。并须预备看书日记册,遇有心得,随手摘录,苟有费解或疑问,亦须摘出,请姚师讲解,则获益良多矣。

《林则徐家书》

【注释】

①本篇是林则徐写给二儿子林聪彝的书信。在信中,他心平气和、语重心长地教育儿子如何发挥自身价值,如何尊师和努力学习。林则徐(1785~1850),字元抚,晚号俟村老人、俟村退叟。福建侯官(今福州市)人。晚清著名政治家、思想家和诗人,官至一品,曾任湖广总督、两广总督和云贵总督,两次受命钦差大臣;因其查禁鸦片,在中国有"民族英雄"之誉。

②綦(qí)重:极为重要。

③入泮(pàn):古代学宫前有泮水,故称学校为泮宫。科举时代,学童考进县学为生员,叫入泮。

④登贤书:明清时代乡试中举称"登贤书"。

⑤青衿:也称"青襟",指读书人。明清科举时代专指秀才。

⑥堪弃文学稼:放弃文艺从事农耕。

⑦领乡荐:唐制,由州县地方官推举赴京师应礼部试,叫"乡荐"。后称乡试考中成为举人为"领乡荐"。

⑧礼闱:在京城举行的考试称为"会试",在乡试后第二年的春天(三月)举行,由礼部主持,所以又叫"春闱"或"礼闱"。考中者称"贡士"。

⑨不胜偻指计:形容很多。偻,屈指,屈指而数。

⑩窗课:旧称私塾中学生习作的诗文。

【赏读】

　　林则徐所处的时代风雨飘摇，虽然他是禁烟民族英雄，但在官场中却并不是那么走运，时常遭遇排挤。这也可归结为中国旧官场的"潜规则"吧。因之他在家书中，并没有要求儿子一心向学，非得做上高官不可。而是一反读书人"万般皆下品，惟有读书高"的传统观念，重视农业，尊重农民，将农民尊为"四民之首，为世间第一等高贵之人"。

　　在这封家书中，林则徐还教育孩子如何习作，如何读书。文中的拱枢是林则徐的幼子，信中再三要求聪彝督促其功课，严格要求之中更见舐犊情深。此外，提出的尊师观点亦值得重视，在传统教育中，有"一日为师，终身为父"之说，就在于老师在传道授业解惑中所起到的作用极大。如何才能成才？林则徐并没有具体地讲述，但从这点滴中，我们可以看出他的价值观，是与当时的官场不大一样的：文化人终究想到的还是文化的传承，而非简单的升官发财。林则徐纪念馆有他撰写的教子联："子孙若如我，留钱做什么？贤而多财，则损其志；子孙不如我，留钱做什么？愚而多财，益增其过。"

卷三 大家风范

教子学《诗》、学《礼》① 《论语》

陈亢问于伯鱼曰②:"子亦有异闻乎?"

对曰:"未也。尝独立,鲤趋而过庭,曰:'学《诗》③乎?'对曰:'未也。''不学《诗》,无以言。'鲤退而学《诗》。他日又独立,鲤趋而过庭,曰:'学《礼》乎?'对曰:'未也。''不学《礼》,无以立。'鲤退而学《礼》。闻斯二者。"

陈亢退而喜曰:"问一得三:闻《诗》,闻《礼》,又闻君子之远其子也。"

《论语》

【注释】

①本篇记孔子教育儿子读书事,选自《论语》。《论语》为中国春秋时期一部语录体散文集,主要记录孔子及其弟子的言行。由孔子弟子及再传弟子编纂而成。孔子(前551~前479),名丘,字仲尼,春秋时期鲁国陬邑(今山东曲阜)人。大思想家、大教育家、政治家。孔子开创了私人讲学的风气,是儒家学派的创始人。

②陈亢:就是陈子禽,春秋末期陈国(都今河南淮阳)人,孔子的学生。伯鱼,孔子的儿子,名鲤,伯鱼是他的字。

③《诗》:指《诗经》。

【赏读】

　　孔子教育儿子是从读书识礼开始的。在他看来，《诗经》中的文章，多半是与修身、齐家有关，《礼》则是处理人与人之间关系的规范，离开这些规范，人就无法在社会上立足生活。他的这种"重德教"的教育方法，即后世称谓的"诗礼传家"。

　　"德育"不仅仅是道德教育，也是在谈人与世间万物的关系，共生或自处，都需有限度，对世界多一些敬畏。犹如西方要信仰宗教一样，都是解决人的困惑，只是中国传统文化里更为直接，直接体现在每个人身上。人与人之间，有远近亲疏之别，如何相处，那是教养的体现。

　　如今提倡的"德育"与孔子所说的"诗礼传家"，客观上看有不少相似之处。今人所说的"德育"，更强调的是公共领域的道德品质，而孔子所说的是一种精神面貌反映，他不要求每个人都是圣贤，但需尽量向"圣贤"看齐。

教子勿欺① 《韩非子》

曾子之妻之市，其子随之而泣。其母曰："女②还，顾反为女杀彘。"妻适市来③，曾子欲捕彘杀之。妻止之曰："特与婴儿戏耳④。"曾子曰："婴儿非与戏也⑤。婴儿非有知也，待父母而学者也，听父母之教。今子欺之，是教子欺也。母欺子，子而不信其母，非所以成教也⑥。"遂烹彘也。

《韩非子》

【注释】

①本篇记曾参教育儿子事，选自韩非《韩非子》。《韩非子》为中国古代著名思想家韩非的著作。全书分为五十五篇，为法家集大成的作品。曾参，字子舆，春秋末年鲁国人。孔子的弟子，被尊称为曾子。性情沉静，举止稳重，为人谨慎，待人谦恭，以孝著称。曾提出"慎终追远，民德归厚"的主张和"吾日三省吾身"的修养方法。

②女：通"汝"。

③适市来：去集市上回来。适，往。

④特：不过，只是。戏：指开玩笑。

⑤非与戏：不可同……开玩笑。

⑥非所以成教也：这样做就不能把孩子教育好。

【赏读】

曾子烹彘的故事，通俗而深刻地阐明了父母一旦有所承诺，就一定要守信兑现的道理。曾子用自己的行动教育孩子要言而有信，诚实待人。重然诺，小而言之，是家庭教育的问题：父母对孩子说话要算数，才能为孩子树立一个守信的榜样。大而言之，是处世为人要讲诚信的问题。

秦朝末年有个楚国义士叫季布，他一向重诺言，讲信用。人们都说"得黄金百斤，不如得季布一诺"。这就是说季布非常讲信用，只要他答应的事，就一定会努力做到。在秦汉之际的战乱中，很多人向季布求助，只要得到季布的承诺，就一定会幸免于难。而季布因为诚信重诺，得到了大家的拥戴。

本文中曾子用言行告诉人们，为了做好一件事，哪怕对孩子，也应言而有信，诚实无诈，身教重于言教。一切做父母的人，都应该像曾子那样讲究诚信，用自己的行动做表率，去影响自己的子女和整个社会。

教子勿贪① 《列女传》

田稷子相②齐,受下吏货金③百镒,以遗其母。母曰:"子为相三年矣,禄未尝多若此也,岂修士大夫之费哉!安所得此?"对曰:"诚受之于下。"其母曰:"吾闻士修身洁行,不为苟得④。竭情尽实,不行诈伪。非义之事不计于心,非理之利不入于家,言行若一,情貌相副。今君设官以待子,厚禄以奉子,言行则可以报君。夫为人臣而事其君,犹为人子而事其父也。尽力竭能,忠信不欺,务在效忠,必死奉命,廉洁公正,故遂而无患,今子反是远忠矣。夫为人臣不忠,是为人子不孝也。不义之财非吾有也,不孝之子非吾子也。子起。"田稷子惭而出,反其金,自归罪于宣王,请就诛焉。宣王闻之,大赏其母之义,遂舍稷子之罪,复其相位,而以公金赐母。君子谓,稷母廉而有化。诗曰:"彼君子兮,不素飧兮。"无功而食禄,不为也,况于受金乎!

《列女传》

【注释】

①本篇记田稷子母亲教育儿子勿贪的事,选自刘向《列女传》。《列女传》是一部介绍中国古代妇女事迹的传记性史书。田稷子,《韩诗外传》称田子,战国时齐国人,齐宣王时为相。

②相:辅助,当宰相。

③货金:贿赂得来的钱财。

④苟得：不正当地得到。

【赏读】

贪字头上一把刀。纵观历史上贪婪的人，多是难有好下场。"非义之事不计于心，非理之利不入于家，言行若一，情貌相副。"一个人要坚守自己的理想也是不易的。田稷子何尝不是如此。

田稷子幸好有这样不在乎私利只在乎名誉的母亲，及时给以劝导。也正因如此，田稷子才没有堕落。值得一说的是，古之女性在关键问题上常常表现出坚毅的一面，从她们身上，我们看到的或许是微光，却足以照亮一个时代。譬如宋时的岳母要求儿子"精忠报国"，岳母当然知道个人幸福，生活得好，她却希望的是更多的人过上好生活，这真是一种伟大的母爱。

田稷子母亲的话在战国时代尤其显得珍贵。然而，我们不必为田稷子母亲树立什么伟大的价值观，其实这只是一个母亲的朴素情怀而已。为他人着想，让更多的人得幸福，这闪光的精华，犹如暗夜里的星光，照亮有理想的人前行之路。

诫兄子严敦书 马援①

吾欲汝曹闻人过失,如闻父母之名,耳可得闻,口不可得言也。好议论人长短,妄是非②正法,此吾所大恶也,宁死不愿闻子孙有此行也。汝曹知吾恶之甚矣,所以复言者,施衿结缡③,申父母之戒,欲使汝曹不忘之耳。

龙伯高敦厚周慎,口无择言④,谦约节俭,廉公有威,吾爱之重之,愿汝曹效之。杜季良豪侠好义,忧人之忧,乐人之乐,清浊无所失⑤;父丧致客,数郡毕至,吾爱之重之,不愿汝曹效也。效伯高不得,犹为谨敕之士,所谓刻鹄不成尚类鹜者也;效季良不得,陷为天下轻薄子,所谓画虎不成反类狗者也。讫今季良尚未可知,郡将下车⑥辄切齿,州郡以为言⑦,吾常为寒心,是以不愿子孙效也。

《全后汉文》

【注释】

①本篇是东汉马援率兵远征期间写给两个侄儿的书信,以自己平生的经验指导他们如何为人处世。马援(前14~后49),字文渊,东汉扶风茂陵(今陕西兴平东北)人。新莽时,为新成大尹。后依附隗嚣,继归刘秀,攻灭隗嚣,为陇西太守。官至伏波将军,封新息侯。后在进击武陵"五溪蛮"时,病死军中。著有《铜马相法》。

②是非:评论、褒贬。

③施衿结缡(lí):本指古代女子出嫁,母亲将五彩丝绳和佩巾

结于其身。后比喻父母对子女的教训。

④口无择言：出口皆合道理，无须选择，意为所言皆善。

⑤清浊无所失：意为诸事处置得宜。

⑥下车：指官员初到任。

⑦以为言：把这作为话柄。

【赏读】

汉代是游侠横行的时代，马援的侄子马严、马敦平时喜讥评时政、结交侠客，这很令他担忧，虽远在交趾军中，还是写了这封情真意切的信。马援出语恳切，言词之中饱含长辈对晚辈的深情关怀和殷殷期待。

马援以"汝曹"称子侄，这一称呼在文中反复出现，使子侄们在阅读时倍感亲切。不远千里致书教谕，以"汝曹"相称，这就显得随和、亲切，拉近了长辈和晚辈之间的距离，被称的晚辈则可以从中体会到长辈的真情关怀，这样就能收到耳提面命的效果。

马援用自己的生活经验和晚辈沟通，而不是空讲大道理。如首段说"好议论人长短，妄是非正法，此吾所大恶也，宁死不愿闻子孙有此行也"，只说自己如何，但是态度明确，感情浓烈，自然可以感染晚辈。至于"施衿结缡"句，更是反复叮咛，语重心长，使人感动不已。然后，对当世贤良的作为得失加以对比评析，都是自己观察社会人生得来的经验之谈。其"刻鹄不成尚类鹜"和"画虎不成反类狗"的比喻，劲拔有力，发人深省，是传之千古的警句。

马援由于利用了两个形成鲜明对比的例证，因此极有说服力。他谆谆教导晚辈，不要"议论人长短"，然而，这封信中的例证恰恰违背了他自己提倡的原则，他在信中将杜季良很刻薄地议论了一通。后来，杜季良的仇人上书告发杜季良，说他行为轻浮乱群惑众，其根据就是马援的这封诫兄子书。结果，杜季良就因为马援的这番议论被免了官。

教育说起来容易，做起来却大不容易，就在于这其间既涉及理论又需有实践，倘若只照顾到其中之一，就难免偏颇了。

女训① (节选) 蔡邕②

夫心,犹首面也,是以甚致饰焉。面一旦不修饰,则尘垢秽之;心一朝不思善,则邪恶入之。人咸知饰其面,而莫修其心,惑矣。夫面之不饰,愚者谓之丑;心之不修,贤者谓之恶。愚者谓之丑,犹可,贤者谓之恶,将何容焉?故览照拭面,则思其心之洁也,傅脂,则思其心之和也,加粉,则思其心之鲜也;泽发,则思其心之顺也;用栉③,则思其心之理也;立髻,则思其心之正也;摄鬓,则思其心之整也。

《全后汉文》

【注释】

①本篇是东汉蔡邕教育女儿所写的家训。

②蔡邕(133~192):字伯喈。陈留郡圉(今河南杞县西南)人。东汉时期著名文学家、书法家,著名才女蔡文姬之父。因官至左中郎将,后人称他为"蔡中郎"。

③栉:梳子。

【赏读】

蔡邕的《女训》更像是一册淑女生活指南。在历代的家训中,《女训》的重要性就在于给女性生活提供了范本。在日常生活中,如何做才能符合大众的审美标准、道德伦理,他都给予中肯的意见。在这篇家训中他所谈到的是有范。

蔡邕的美学观点尤其值得注意的是，人们都知道修饰自己的面孔，却不知道修养自己的善心。脸面不修饰，愚人说他丑，心性不修炼，贤人说他恶；愚人说他丑，还可以接受，贤人说他恶，他哪里还有容身之地呢？然而，内心的修行，艰辛，也更具有挑战性。他所强调的内外统一，在今天看来，也不啻是一种先进理论。

　　审美趣味固然有千差万别，但反映在生活里，就是一种生活态度。学者陈东原在《中国妇女生活史》一书里认为："我们有史以来的女性，只是被摧残的女性，我们妇女生活的历史，只是一部被摧残的女性的历史。"这种以阶级压迫的观点看世界是20世纪的潮流，但两性关系，岂可以此简单定义呢？不妨理解为审美上的差异。蔡邕所洞察的世界，虽是以男性的眼光来看，却也反映出了他的审美与女性之间有许多相通之处，之所以能培养出著名才女蔡文姬，窃以为与他的审美观大有关系。

诫子书 郑 玄①

　　吾家旧贫，为父母昆弟所容，去廝役之吏，游学周秦之都②，往来幽、并、兖、豫之域，获觐乎在位通人③，处逸大儒④，得意者咸从捧手，有所受焉。遂博稽六艺，粗览传记，时睹秘书纬术之奥。年过四十，乃归供养，假田播殖，以娱朝夕。遇阉尹⑤擅势，坐党禁锢，十有四年而蒙赦令；举贤良方正有道，辟大将军、三司府，公车再召。比牒并名，早为宰相。惟彼数公，懿德大雅，克堪王臣，故宜式序。吾自忖度，无任于此。但念述先圣之元意，思整百家之不齐，亦庶几以竭吾才，故闻命罔从。而黄巾为害⑥，萍浮南北，复归邦乡。入此岁来，已七十矣。宿业衰落，仍有失误；案之典礼，便合传家。

　　今我告尔以老，归尔以事；将闲居以安性，覃思以终业。自非拜国君之命，问族亲之忧，展敬坟墓，观省野物，故尝扶杖出门乎？家事大小，汝一承之，咨尔茕茕一夫，曾无同生相依，其勖求君子之道，研钻勿替，敬慎威仪，以近有德，显誉成于僚友，德行立于己志。若致声称，亦有荣于所生，可不深念耶！可不深念耶？

　　吾虽无绂冕之绪⑦，颇有让爵之高；自乐以论赞之功，庶不遗后人之羞。末所愤愤者，徒以亡亲坟垄未成，所好群书，率皆腐敝，不得于礼堂写定，传与其人。日夕方暮，其可图乎！家今差多于昔，勤力务时，无恤饥寒。菲饮食，薄衣服，节夫二者,尚令吾寡憾;若忽忘不识,亦已焉哉!

《全后汉文》

【注释】

①郑玄(127~200):字康成,北海高密(今属山东)人,东汉末年经学大师。家贫好学,终为大儒。党锢之祸起,遭禁锢,杜门注疏,潜心著述。以古文经学为主,兼采今文经说,遍注群经,著有《天文七政论》《六艺论》等书,共百万余言,为汉代经学的集大成者。

②游学:外出求学。周秦之都:指长安。

③在位:居官任职。通人:博古通今的人。这句话指学问渊博的官吏。

④处逸大儒:没有做官的大学者。处逸,处于闲散的位置。

⑤阉尹:管领太监的官,代指党锢之祸中的宦官。

⑥黄巾为害:这里所说的是东汉末年的黄巾起义。

⑦绂(fú)冕:代指官位。绂是系印的丝带,冕是古代帝王、诸侯或卿大夫所戴的礼帽。

【赏读】

本篇是东汉经学家郑玄写给独子郑益恩的书信,又名《戒子益恩书》。

古人重视家教,也跟个人的切身经历相关。比如汉代经学家郑玄用一辈子的时间来整理古代文化遗产,使经学进入了一个"小统一时代"。可以说他一生就是学习的典范。在这篇家书中他介绍了自己一生为治学奋斗的经历和精神,以启发、勉励儿子深入钻研,勤于治学。

首先,他追述了自己一生的经历,充分表现了他一心追求学业的坚定意志。身陷囹圄十四载,追求学业的志向毫不动摇;他不辞劳苦,翻山越岭,长途跋涉,广拜名师,四处求学,博览群书。他这种坚韧不拔的治学精神,无疑对儿子是极大的激励。其次,他希望儿子加强自身的道德修养,希望儿子能继承父亲一生为之奋斗的学业。最后,他告诫儿子说:"家今差多于昔,勤力务时,无恤饥寒。菲饮食,薄衣服,节夫二者,尚令吾寡憾;若忽忘不识,亦已焉哉!"教导儿子要勤奋、节俭、自立。

本篇家训既简明又含蓄,为后世学者赞誉。清朝刘熙载撰《艺概》称《戒子益恩书》"雍雍穆穆,隐然涵《诗》《礼》气"。

教子避嫌 《三国志》

（孟仁）为监池司马②，自能结网，手以捕鱼，作鲊寄母，母因以还之，曰："汝为鱼官，而以鲊③寄我，非避嫌也。"

《三国志》

【注释】

①本篇记三国时的孟仁母亲教育儿子以德为先，因势利导，孟仁修身，知过就改，砥砺心志，终于有所成就。选自陈寿所著《三国志》。孟仁（218~271），曾名宗，字恭武，三国时江夏（治今湖北鄂城）人，后因避孙皓字讳，改名孟仁。少年时师从南阳李肃读书，后官居吴国司空。

②监池司马：官名，管渔业的官叫监池司马。

③鲊：经过加工的鱼类食品，如腌鱼、糟鱼之类。

【赏读】

孟仁的故事最为人所知的是二十四孝中的"哭竹生笋"：宗母嗜笋，冬节将至。时笋尚未生，宗入竹林哀叹，而笋为之出，得以供母，皆以为至孝之所感。他累迁光禄勋，遂至司空。这故事似乎是不大可能的事，但这不影响孟仁的形象。

孟仁母的"避嫌说"，影响深远，南宋官员汪涯有段故事亦与此相关。他在给父母寄送鱼时，大概是考虑到"孟仁"之避嫌，向父母及世人表明自己的清白，写了首《江行》诗："江陵白鱼如斫玉，挂席独去风日寒。封题两瓮寄白发，儿涯不是作鱼官。"这堪称历史的一个佳话。

这嫌的避与不避，要有远见与识见，要防患于未然。避嫌有时也容易酿成悲剧。比如明朝首辅张居正曾主持会试，为避嫌牺牲儿子，结果导致父子绝交。

诫皇甫谧① 《晋书》

皇甫谧,字士安,幼名静,安定朝那人,汉太尉嵩之曾孙也。出后叔父,徙居新安。年二十,不好学,游荡无度,或以为痴。尝得瓜果,辄进叔母任氏②。任氏曰:"《孝经》云:'三牲之养,犹为不孝③。'汝今年余二十,目不存教,心不入道,无以慰我。"因叹曰:"昔孟母三徙以成仁④,曾父烹豕以存教⑤,岂我居不卜⑥邻,教有所阙⑦,何尔鲁钝之甚也!修身笃学,自汝得之,于我何有!"因对之流涕。谧乃感激,就乡人席坦受书,勤力不怠。居贫,躬身稼穑,带经⑧而农,遂博综典籍百家之言。沉静寡欲,始有高尚之志,以著述为务,自号玄晏先生。著《礼乐》《圣真》之论。后得风痹疾,犹手不辍卷。

《晋书》

【注释】

①皇甫谧自幼父母双亡,从小被寄养在叔叔家。本篇即皇甫谧婶母任氏一次劝诫他的话,要其努力读书,有志向。皇甫谧(215~282),幼名静,字士安,自号玄晏先生。安定郡朝那县(今甘肃省灵台境内)人,后徙居新安(今属河南)。三国西晋时期学者、医学家、史学家,东汉名将皇甫嵩曾孙。

②叔母任氏:指抚养他的任姓婶母。

③三牲之养,犹为不孝:意为即使每天给父母吃牛、羊、猪肉,

仍称不上是孝子。

④"昔孟母"句：昔日孟母三迁，使孟子成为仁德的大儒。典出《列女传·母仪》："孟子生有淑质，幼被慈母三迁之教。"

⑤"曾父"句：曾父杀猪使信守诺言的教育常存。典出《韩非子·外储说左上》。

⑥卜：此指选择。

⑦阙：同"缺"。

⑧经：此指儒家经典著作。

【赏读】

浪子回头金不换。皇甫谧小时候的事，实在是没有值得称道的地方，完全是顽童做派。好在婶母一直在旁边劝导，才有了后来的修成正果，从此成就一番伟业。这当然是家教的佳话。

"教化"一词，重要的是教而化之，如沐春风之感。在每个人的成长的路上，都会遇到这样那样的磕磕碰碰。关键的是不是有人在旁边给以提醒。逆袭成才，还是得看家庭教育。曹操的经历与皇甫谧极为相似，也都经历过蜕变与成长。

此外，关于皇甫谧，有两个故事值得说一说：一是有了名气之后，不少人劝他放弃乡居生活，出去广交名流，以求得自己更大的名气。皇甫谧却不以为然地说："一个人居住在穷乡僻壤，耕种在广阔的田野间，生活在熟悉的亲朋中，也是很有乐趣的事，又何必为了自己出名而去趋炎附势，追逐势利呢？"一是他姑母的儿子梁柳，做了阳城郡的太守，将赴任时，有人劝他准备酒肉送行，他说："梁柳没有做官时，到了我家，我不过拿家常的咸菜招待他，贫寒人家哪里拿得出酒肉来啊！现在他做了一郡的长官，却叫我备办酒食送行，这就变成了奉承阳城太守，而小看梁柳本人，我不干这样的事。"皇甫谧终究是实在人。

封鲊教子① 《晋书》

陶侃母湛氏,豫章新淦人也②。初,侃父丹③聘为妾,生侃,而陶氏贫贱,湛氏每纺绩资给之,使交结胜己。

侃少为寻阳县吏④,尝监鱼梁⑤,以一坩⑥鲊遗母。湛氏封鲊及书,责侃曰:"尔为吏,以官物遗我,非惟不能益吾,乃以增吾忧矣。"

鄱阳孝廉范逵寓宿于侃,时大雪,湛氏乃彻所卧新荐⑦,自锉⑧给其马,又密截发卖与邻人,供肴馔。逵闻之,叹息曰:"非此母不生此子!"侃竟⑨以功名显。

《晋书》

【注释】

①本篇记东晋陶侃母亲教子事。陶侃(259~334):字士行。东晋庐江寻阳(今湖北黄梅西南)人。东晋时期名将。初任县吏,后逐渐出任郡守。先后任武昌太守、荆州刺史。官至侍中、太尉、荆江二州刺史、都督八州诸军事,封长沙郡公。咸和九年(334),陶侃去世,获赠大司马,谥号桓。有文集二卷,其曾孙为著名田园诗人陶渊明。

②豫章:郡名,治所在今江西南昌。新淦(gàn):即今新干县,属江西吉安。

③丹:即陶丹,曾任三国时吴国的扬武将军。

④寻阳县:在今湖北黄梅西南。

⑤监鱼梁：做监管鱼梁的小吏。鱼梁：是指筑堰拦水捕鱼的一种设施。

⑥坩：瓦锅，盛物的陶器。

⑦彻：撤除，撤去。荐：草席。

⑧锉（cuò）：铡，切。

⑨竟：到底，最终。

【赏读】

东晋陶侃的母亲湛氏是中国古代一位有名的良母。她与孟母、欧阳母、岳母一起被尊为中国古代"四大贤母"。陶侃是一代名将，在稳定东晋初年动荡不安的政局上很有建树。而当时陶母"封坛退鲊""截发筵宾"的教子故事也广为流传。

陶侃在寻阳做县吏的时候，恰好监管渔业。有一次，他托人带了一坛腌鱼送交母亲。谁知湛氏却原封不动地将这一坛鱼退了回来，并在信中写道："尔为吏，以官物遗我，非惟不能益吾，乃以增吾忧矣。"陶侃收到母亲退回的鱼和回信，大为震动，愧疚万分。他决心遵循母亲的教导，清白做人，廉洁为官，勤于政事，最终成为一代名将。

湛氏去世后，有人赞曰："世之为母者如湛氏之能教其子，则国何患无人材之用？而天下之用恶有不理哉？"陶侃学富五车，为人正直，秉公守法，因而他的仕途十分顺利。他从长吏、太尉、都督大将军一直做到长沙郡公，成为中国古人治学和为官的表率。而这一切都与陶母的教育是分不开的。

诲弟子言① 朱仁轨②

终身让路,不枉百步;终身让畔,不失一段。

《戒子通录》

【注释】

①本篇记录的是唐朝朱仁轨教育子弟的语录,选自南宋刘清之所编《戒子通录》。

②朱仁轨,字德容,唐朝人,未做官,隐居养亲。死后谥孝友先生。

【赏读】

做人是应讲恕道的。恕道,也即宽仁之道。曾国藩曾说:"与人共事,要学会吃亏。"有一位禅师如此说"吃亏":吃亏的反面是占便宜,吃亏是福,占便宜就是祸。我们果然明了占便宜是祸害,就不再会有占人家便宜的念头。这是祸害,我怎么肯做?因此,佛菩萨劝我们,孔老夫子也是这样劝我们。修行要从自己本身做起,头一个就是要学"能吃亏,肯上当"。吃亏上当而绝不糊涂,那是真实智慧,那是你的德行。这可真是至理。

做人需有宽仁之道,需要一以贯之,坚持信念,一辈子走下去。佛家所说的修行,也大致可作如此理解。在中国传统文化里,和是很重要的概念,和气生财,家和万事兴……都是在讲求生活中求大同存小异,容许别人有缺点存在,更多的是看到其长处。这是不容易的事,皆因我们常常被缺点蒙蔽了双眼。

教子学古今家诫① 《新唐书》

（房玄龄）治家有法度，常恐诸子骄侈，席②势凌人，乃集古今家诫，书为③屏风，令各取一具，曰："留意于此，足以保躬矣④！汉袁氏累叶⑤忠节，吾心所尚，尔宜师⑥之。"

《新唐书》

【注释】

①本篇讲唐朝房玄龄教子事，标题为编者加。房玄龄（579~648），名乔，字玄龄，以字行于世，齐州临淄（今山东淄博市临淄区北）人，房彦谦之子。唐朝初年名相。

②席：凭借，倚仗。

③为：《旧唐书》里写作"于"。

④躬：身体，引申为自身。

⑤袁氏：指东汉的袁安，字邵公，汝南汝阳（今河南商水）人。明帝时，历任太仆、司徒、司空，以严明著称。和帝即位，外戚窦宪兄弟专权，他不畏权势，与之进行激烈的斗争。汝南袁氏成了东汉有名的世家大族。累叶：累世。

⑥师：效法。

【赏读】

作为初唐名相，房玄龄精通文史，鉴于以往达官贵人的后裔骄奢淫逸、狂纵不法，以至于亡身败家的惨痛教训，他非常重视家庭教育，但结果还是祸起萧墙，招致灭门之祸。永徽三年（652）玄龄次子遗爱与其妻高阳公主被指谋反，遗爱被处死，公主赐自尽，诸子被发配流放到岭表。玄龄嗣子遗直也被连累，被贬为铜陵尉。房玄龄配享太庙的待遇也因而被停止。房氏一族，自此湮没，终唐一代，再无功名显达的后裔。这样的结局也许与房玄龄的家教方式不当有关。

　　房玄龄将古今家训集合在一起，书写在屏风之上，放在房间里，让子孙们随时可以看到，"留意于此，足以保躬矣"。一般而言，治家的目的，是让世代子孙从中借鉴而受益，而这里房玄龄却单纯示以"保躬"，这是"术"而非德用，显然不是正途。也许其后代子孙的不肖与此也不无关系吧。

以古为镜 李 勣[①]

我见房玄龄、杜如晦、高季辅[②]皆辛苦立门户,亦望诒后,悉为不肖子败之。我子孙今以付汝,汝可慎察,有不厉言行、交非类者[③],急榜杀以闻,毋令后人笑吾,犹吾笑房、杜也。

《新唐书》

【注释】

① 李勣(594~669),原名徐世勣,字懋功。唐高祖李渊赐其姓李,后避唐太宗李世民讳改名为李勣。曹州离狐(今山东菏泽市西北)人,唐代名将,与李靖并称,被封为英国公,为凌烟阁二十四功臣之一。早年从李世民平定四方,后来成为唐王朝开疆拓土的主要战将之一,曾破东突厥、高句丽,功勋卓著。

② 房玄龄、杜如晦、高季辅:三人皆为唐初名臣。房玄龄善谋,而杜如晦处事果断,因此人称"房谋杜断"。后世以他和杜如晦为良相的典范,合称"房杜"。

③ 交非类者:交游的不是好人。

【赏读】

孩童时代,喜读武侠小说,《隋唐演义》亦看过。里面喜欢的人物着实不少,草莽有草莽的乐趣,智者也有智者的风度。李勣那时候还叫徐世勣,就是不可忽略的人物,他能掐会算,这样的人在英雄辈出的时代也是鹤立鸡群的。因会识人识事,才有了后来的一番成就。

但这是外部问题,家庭问题却也很重要。房玄龄、杜如晦、高季辅在大唐历史上,是何等人物,他们功勋卓著,要雨得雨,要风得风,他们也想把这一份好日子传给子孙,但子孙不肖,也就不能传之久远。那个时候,风评这样的家庭教育,恐怕不少人都当作笑话来讲。徐世勣也不例外,但他多了一种警醒,如果自家的儿孙也如此这般又将怎样?"汝可慎察,有不厉言行、交非类者,急榜杀以闻,毋令后人笑吾,犹吾笑房、杜也。"

这番道理说以古为镜,也还是同一时代,只是从历史的角度看乃"古事"耳。房玄龄、杜如晦、高季辅在朝廷所处的位置,是与李勣相似的,同属于大唐的重臣,这样的类比也恰能说明李勣看问题的准确性。

诲侄等书① 元 稹

告仑等：吾谪窜②方始，见汝未期，粗以所怀，贻诲于汝。汝等心志未立，冠岁③行登。古人讥十九童心，能不自惧？吾不能远谕他人，汝独不见吾兄之奉家法？吾家世俭贫，先人遗训常恐置产怠子孙，故家无樵苏之地④，尔所详也。吾窃见吾兄自二十年来，以下士之禄，持窭绝之家，其间半是乞丐羁游，以相给足。然而吾生三十二年矣，知衣食之所自，始东都为御史时。吾常自思：尚不省受吾兄正色之训而况于鞭笞诘责乎！呜呼！吾所以幸而为兄者，则汝等又幸而为父矣！有父如此，尚不足为汝师乎？

吾尚有血诚⑤将告于汝：吾幼乏岐嶷⑥，十岁知文，严毅之训⑦不闻，师友之资尽废。忆得初读书时，感慈旨一言之叹，遂志于学。是时尚在凤翔，每借书于齐仓曹家，徒步执卷就陆姊夫师授，栖栖勤勤，其始也若此。至年十五，得明经及第⑧，因捧先人旧书于西窗下钻仰沉吟，仅于不窥园井⑨矣。如是者十年，然后粗沾一命，粗成一名。及今思之，上不能及乌鸟之报复⑩，下未能减亲戚之饥寒，抱衅⑪终身，偷活今日。故李密云：生愿为人兄，得奉养之日长。吾每念此言，无不雨涕。

汝等又见吾自御史来，效职无避祸之心，临事有致命之志，尚知之乎？吾此意，虽弟兄未忍及此。盖以往岁忝职谏官，不忍小见，妄干朝听，谪弃河南，泣血西归，生死无告，

⑧明经及第：考中了明经科。明经与进士二科为唐朝科举的基本科目。

⑨不窥园井：典出《汉书》卷五十六《董仲舒传》。董仲舒治《春秋》，专精一思，三年目不窥园。后用以比喻埋头钻研，不为外事分心。

⑩乌鸟之报复：传说老鸦不能觅食时，其子要衔食反哺其母。比喻子女奉养父母。

⑪抱衅：表示有负罪感。

⑫佩服：铭记，牢记。这里指认真研习。

【赏读】

　　元稹早年丧父，家里的大小事情就都由兄长打理，其兄也就是元仑、元郑的父亲。"吾兄自二十年来，以下士之禄，持窭绝之家，其间半是乞丐羁游，以相给足"，元稹庆幸自己有这样一位兄长，在丧父之后毅然担负起了家庭的重任，照顾幼小的弟弟，并使其无衣食之虞，不失受教育的机会。同时，他也要求自己的两个侄子，以自己的父兄为榜样，要从小立大志，担负起自己的责任。

　　再就是在求学的道路上，要勤学苦练，要想日子过得好一点，舍此别无他法。元稹以自己的亲身经历来告诫侄儿，这是摸得着看得见的案例，更具有感染力。元稹从小勤奋苦读，坚持不懈。家贫无书，就向别人借，身边无人教，就徒步执卷去求师。每天"捧先人旧书于西窗下钻仰沉吟，仅于不窥园井矣"，几乎是足不出户。正是由于勤学，他十五岁举明经，二十三岁登吏部科，授校书郎，二十八岁授左拾遗，职位为从八品。他说，现在他虽然"上不能及乌鸟之报复，下未能减亲戚之饥寒"，但他官为宰相，也似可以"扬名后代，殁有以谢先人于地下耳"。因此，他要求侄子们珍视并利用现在的条件，勤奋学习，以求荣达，也是一片拳拳之心。

不幸余命不殒，重戴冠缨，常誓效死君前，扬名后代，殁有以谢先人于地下耳。呜呼！及其时而不思，既思之而不及，尚何言哉！今汝等父母天地，兄弟成行，不于此时佩服⑫诗书以求荣达，其为人耶？其曰人耶？

吾又以吾兄所职易涉悔尤，汝等出入游从亦宜切慎。吾诚不宜言及于此。吾生长京城，朋从不少，然而未尝识倡优之门，不曾于喧哗纵观，汝信之乎？吾终鲜姊妹，陆氏诸生，念之倍汝、小婢子等。既抱吾殁身之恨，未有吾克己之诚，日夜思之，若忘生次。汝因便录吾此书寄之，庶其自发，千万努力，无弃斯须。积付仑、郑等。

《元稹集》

【注释】

①本篇是唐代诗人元稹为教导侄子元仑和元郑而写。元稹（779~831），字微之，河南（今河南洛阳）人，著名诗人、文学家、宰相。元稹少时即有才名，与白居易同科及第，并结为终生诗友，二人共同倡导新乐府运动，世称"元白"，诗作号为"元和体"。元稹的创作，以诗成就最大。其代表作有《莺莺传》、《菊花》、《离思》五首、《遣悲怀》三首等。传世有《元氏长庆集》。

②谪窜：放逐。

③冠岁：古礼男子年二十而加冠，冠岁即二十岁。

④樵苏之地：代指自己的庄园地产。樵苏，打柴割草，以充燃料。

⑤血诚：出自内心深处的诚意。

⑥岐嶷（qí nì）：形容幼年聪慧。

⑦严毅之训：父亲严厉的教诲。严，旧指父亲。

诫公主① 《戒子通录》

魏国长公主尝衣贴绣铺翠襦②入宫中,太祖曰:"汝当以此与我,自今勿复为此饰。"主笑曰:"此所用翠羽几何?"太祖曰:"不然,主家服此,宫闱戚里③皆相效,京城翠羽价高,小民逐利伤生浸广,实汝之由。汝生长富贵,当念惜福,岂可造此恶业之端?"

《戒子通录》

【注释】

①本篇记宋朝皇帝赵匡胤教公主如何做事。赵匡胤(927～976),字元朗,祖籍涿州(今属河北),生于洛阳(今属河南)。五代至北宋初年军事家、政治家,宋朝开国皇帝。谥号英武圣文神德皇帝,庙号太祖。

②贴:粘附。绣:绣着花的织物。翠襦:铺着翡翠鸟羽毛的短袄、短衣。

③宫闱:后妃所居住的地方。戚里:京城中外戚所居住的地方。

【赏读】

赵匡胤教育长公主要节俭,因为他知道,五代十国期间,国君几乎个个挥霍成性,官吏也跟着奢华无度,导致民间积贫积弱,造成了五代十国多年的动乱。

赵匡胤带头节俭,当然起到了示范作用。北宋初期士大夫竞相以节约自勉：州县官上任时，奢侈浪费、讲究排场的迎来送往都取消了；小官上任时，很多只穿草鞋、拄木杖，徒步而行。这种为天下守财的精神，的确使当时的宋王朝积累了不少财富。著名史学家陈寅恪说："华夏民族之文化，历数千载之演进，造极于赵宋之世。"

唐宣宗李忱是晚唐一位较有作为、可圈可点的皇帝。他即位时，国势已步入衰败，且有藩镇割据、牛李党争，朝政腐败。面对如此国势，他雄心勃勃，在位十三年，不仅体恤百姓、减少赋税，而且整顿吏治、致力改革，使得国势有所起色，百姓日渐富裕，本已衰败的朝政呈现出"中兴"的局面。

告诸子及弟侄① 范仲淹②

吾贫时,与汝母养吾亲,汝母躬执爨而吾亲甘旨,未尝充也。今得厚禄,欲以养亲,亲不在矣。汝母已早世,吾所最恨者,忍令若曹享富贵之乐也。

吴中宗族甚众,于吾固有亲疏,然以吾祖宗视之,则均是子孙,固无亲疏也。苟祖宗之意无亲疏,则饥寒者吾安得不恤也。自祖宗来积德百余年,而始发于吾,得至大官,若享富贵而不恤宗族,异日何以见祖宗于地下,今何颜以入家庙乎?

京师交游,慎于高议③,不同当言责之地。且温习文字,清心洁行,以自树立平生之称。当见大节,不必窃论曲直,取小名招大悔矣。

京师少往还,凡见利处,便须思患。老夫屡经风波,惟能忍穷,故得免祸。

大参到任,必受知也。惟勤学奉公,勿忧前路。慎勿作书求人荐拔,但自充实为妙。

将就大对,诚吾道之风采,宜谦下兢畏,以副士望。

青春何苦多病,岂不以摄生为意耶?门才起立,宗族未受赐,有文学称,亦未为国家所用,岂肯循常人之情,轻其身汨其志哉!

贤弟请宽心将息,虽清贫,但身安为重。家间苦淡,士之常也,省去冗口可矣。请多着功夫看道书,见寿而康者,问其所以，则有所得矣。

汝守官处小心不得欺事，与同官和睦多礼，有事只与同官议，莫与公人商量，莫纵乡亲来部下兴贩，自家且一向清心做官，莫营私利。当看老叔自来如何，还曾营私否？自家好，家门各为好事，以光祖宗。

《范文正公集》

【注释】

①本篇是北宋范仲淹的一封家书，告诫子弟应努力学习，清心洁行。

②范仲淹（989～1052）：字希文。为北宋名臣，政治家、文学家、军事家，谥号"文正"。祖籍邠州（治今陕西彬县），生于苏州吴县（今江苏苏州）。少年时家贫但好学，当秀才时就常以天下为己任，有敢言之名。曾多次上书批评当时的宰相，因而三次被贬。有《范文正公集》传世。

③高议：指大发议论。

【赏读】

有宋一代，名臣众多，其为人风格各有千秋，范仲淹就是其中一位。他的《岳阳楼记》堪当中华文坛上的名篇。作为名人不仅要看其文章，还要看其言行是否一致。言行一致是做人的基本，如何做去？虽然不同的时代要求有差异，但做人的基本还是一致的。范仲淹可说是其中的典范。

此篇《告诸子及弟侄》，面面俱到，亲情宗族、谨言慎行、忍穷免祸、勤学精业、养生处事、为官清廉，等等，一个长辈对晚辈子侄的关怀与指点，尽在言表，且言之谆谆，大不类于其他文章的高远凛然气象。亲情看似散淡，却又有着浓厚的情分，若是没有细致领会，可能就觉得这做法有不合情理之处。

从范仲淹的治家经验来看，第一要紧，就是家风，而范仲淹的言传身教，就是维系和光大家风的最重要一环。范仲淹的教育方式，在那个时代有独到之处，就在于以常人的心态来看待问题，而不是以高标准加以要求。

这谆谆教导，格外语重心长，子弟倘若无法听得进去，也未必觉得这有些唠叨吧。然则，这是必要的唠叨。不少成功人士在谈到成功学时，都会提到之所以会在某些领域取得成绩，就在于年轻时有人指点道路，如此才避免走上人生的弯路，简言之，即人生要有范。这一经验是与范仲淹的思维相近的。

与长子受之（节选）① 朱 熹②

  交游之间，尤当审择。虽是同学，亦不可无亲疏之辨。此皆当请于先生，听其所教。大凡敦厚忠信，能攻吾过者，益友也；其谄谀轻薄，傲慢亵狎，导人为恶者，损友也。推此求之，亦自合见得五七分。更问以审之，百无所思矣。但恐志趣卑凡，不能克己从善，则益者不期疏而日远，损者不期近而日亲，此须痛加检点而矫革之，不可荏苒渐习③，自趋小人之域。如此，则虽有贤师长，亦无救拔自家处矣。

  见人嘉言善行，则敬慕而纪录之。见人好文字胜己者，则借来熟看，或传录之而咨问之，思与之齐而后已。不拘长短，惟善是取。

《朱子全集》

【注释】

  ①本篇是宋朝朱熹写给长子朱塾的书信，教导儿子择友之道。朱塾（1153~1191），字受之，朱熹长子。

  ②朱熹（1130~1200）：字元晦，又字仲晦，号晦庵，晚称晦翁，谥文，世称朱文公。祖籍江南东路徽州府婺源县（今属江西），出生于南剑州尤溪（今属福建）。宋朝著名理学家、哲学家、教育家、诗人，闽学派的代表人物，儒学集大成者，世尊称为朱子。

  ③荏苒：时光渐渐过去。

【赏读】

　　交游是生活中很重要的事，大多家训中都有提及，其言下之意在于"交游要学友之长，读书必在知而行"。朱熹对此也不例外。

　　关于交游，《管子·权修》："观其交游，则其贤不肖可察也。"大致说来从一个人的交游范围可以看出其性情、趣味。朱熹认为，在生活中"见人嘉言善行，则敬慕而纪录之。见人好文字胜己者，则借来熟看，或传录之而咨问之，思与之齐而后已。不拘长短，惟善是取"，如此也就可在成长的路上多一条捷径。

　　有人说，走到哪里，都要带上自己的阳光，内心恻隐，慈悲善良。如此才能收获不一样的人生体验：人世原本就是一场短暂的旅行，去世界大美之地，发现"菩萨的笑"，明白旅行的意义！交游何尝不是如此，倘若没有一点思辨力，只是满足于吃喝玩乐，势必把一生都浪费掉了。

父母多爱幼子① 袁 采②

同母之子而长者或为父母所憎,幼者或为父母所爱,此理殆不可晓。窃尝细思其由,盖人生一二岁,举动笑语自得人怜,虽他人犹爱之,况父母乎!才三四岁至五六岁,恣性啼号,多端乖劣,或损动器用,冒犯危险。凡举动言语皆人之所恶。又多痴顽,不受训戒,故虽父母亦深恶之。方其长者可恶之时,正值幼者可爱之日,父母移其爱长者之心而更爱幼者。其憎爱之心,从此而分,遂成迤逦。最幼者当可恶之时,下无可爱之者,父母爱无所移,遂终爱之。其势或如此,为人子者,当知父母爱之所在。长者宜少让,幼者宜自抑。为父母者又须觉悟稍稍回转,不可任意而行,使长者怀怨而幼者纵欲,以致破家可也。

《袁氏世范》

【注释】

①本篇选自宋代袁采《袁氏世范》,讲父母如何爱子女。《袁氏世范》分为睦亲、处己、治家三卷,在中国家训发展史上占有重要的地位,被誉为"《颜氏家训》之亚"。

②袁采(?~1195):字君载,信安(今浙江常山)人。著有《政和杂志》《县令小录》和《世范》三书,今只有《世范》传世。其详细事迹已不可考。

【赏读】

古人云,皇帝爱长子,百姓爱幺儿。父母爱幼子,似乎是人之常情,本文所讲的状态也确实有道理:老大五六岁的时候,小的刚好一两岁。五六岁的孩子正是讨人嫌的年纪,而一两岁的小儿正是人见人爱的时候,并且小的孩子本身也需要更多的照顾与呵护,于是父母对小儿给予更多关注也是自然而然的事情。于是,看起来是更爱幼儿一些。

古人的观察体验细致入微,而人之常情,数千年不变,本文所讲的现象至今仍然发生在许多家庭中。而作为具有现代教育理念的父母,是要尽量平衡好对老大与老二的感情,否则的话,会"使长者怀怨而幼者纵欲,以致破家"。

教子语① 家　颐②

人生至乐无如读书，至要无如教子。

父子之间，不可溺于小慈，自小律之以威，绳之以礼，则无不肖之悔。

教子有五：导其性，广其志，养其才，鼓其气，攻其病，废一不可。

养弟子如养芝兰，既积学以培植之，又积善以滋润之。

人家子弟，惟可使觌德③，不可使觌利。

富者之教子，须是重道；贫者之教子，须是守节。

子弟之贤不肖，系诸人；其贫富贵贱，系之天。世人不忧其在人者，而忧其在天者，岂非误耶？

士之所行，不溷④流俗，一以抗节于时，一以诒⑤训于后。

士人家切勤教子弟，勿令诗书味短。

孟子以惰其四肢为不孝，为人子孙游惰⑥而不知学，安得不愧？

《戒子通录》

【注释】

①本篇是宋代学者家颐的家训。家颐留下来的家训只有十条，介绍教育子女的重要性，收录在南宋刘清之《戒子通录》中。

②家颐：字养正，宋代学者，四川眉山人。著有《子家子》。

③觌（dí）德：看到好的德行。觌，见到，观察。

④溷（hùn）："混"的异体字。这里指混同。
⑤诒（yí）：传给。
⑥游惰：游荡懒惰。

【赏读】

　　曾见一副联语，说读书教子：人生至乐无如读书，人生至要无如教子。后来才知道这是家颐的话语，不能不佩服宋代人的思想，远比今天的父母更懂得教育之道。家颐所处的时代，文化氛围浓厚，在教育上还是存在着具体问题，其论说教子的重要性，在今天也不过时。《老学究语》更是指出："不怕饥寒，怕无家教，惟有教儿，最关重要。"

　　作为一代学者，家颐深谙教育的复杂性，所以他才综合"性情、志向、才能、士气、过失"等五个方面的教子重点于一体，提出"德智并重，优劣互补"，力主把子女培养成为德才兼备的有用人才。

　　夸美纽斯说："对孩子溺爱就好像对刚愎和忤逆敞开窗户。"这一点，在中国古代的教育方法中同样存在着清醒的认知，那就是需要根据孩子的个性，制定相应的培养计划，从不同的侧面着手，从而塑造他的优秀品格。俗语云："玉不琢，不成器。"正是这种"琢"，才让他懂得生活中什么才是最为珍贵的。有了这一层识见，再看世间的万事万物，也都能以客观的眼光去看待。

家训（节选）① 霍韬②

凡子侄，多忌农作。不知：幼事农业，则知粟入艰难，不生侈心；幼事农业，习恒敦实，不生邪心；幼事农业，力涉勤苦，能兴起善心，以免于罪戾。故子侄不可不力农作。

凡富家，久则衰倾，由无功而食人之食。夫无功食人之食，是谓厉民自养③。凡厉民自养，则有天殃。故久享富佚④，则致衰倾，甚则为奴仆，为牛马。是故子侄不可不力农作。

汉取士，设孝悌力田科⑤，敦实务农也。凡为官者，如皆取之农家，有不恤民艰者或寡矣。子侄入社学⑥，遇农时俱皆力农，一日或寅卯力农，未申读书，或寅卯读书，未申力农。或春夏力农，秋冬读书，勿袖手坐食，以致穷困。

凡社学师，须考社学生务农力本，居家孝悌，以纪行实。乡间骄贵子弟，耻力田勿强。本家子侄兄弟，入社学耻力田，耻本分生理，初犯责二十，再犯责三十，三犯斥出，不许入社学。

《霍韬家训》

【注释】

①本篇选自明代霍韬所著的《霍韬家训》。霍韬非常重视家庭教育，正德二年（1507），制定家训20篇，嘉靖八年（1529）又重新删定为14篇。

②霍韬(1487~1540):字渭先,号兀崖,广东南海(今属佛山市)人。明代名臣。霍韬平生勤奋上进,广博多学,文人学士多称他为兀崖先生。著作甚多,有《诗经注解》《象山学辨》《程周训释》等。今有《霍文敏公全集》传世。

③厉民自养:虐待人民而奉养自己。《孟子·滕文公上》:"今也滕有仓廪府库,则是厉民而以自养也,恶得贤?"

④富佚:富贵安乐的生活。佚,通"逸"。

⑤孝悌力田科:汉代选举的科目名。《汉书·惠帝纪》:"(四年)春正月,举民孝悌力田者复其身。"又,《文帝纪》十二年诏:"孝悌,天下之大顺也。力田,为生之本也。"

⑥社学:明清时在乡间设立的学校。

【赏读】

耕读传家,是中国传统文化重要的内核。陆游《放翁家训》云:"吾家本农也,复能为农,策之上也。杜门穷经,不应举,不求仕,策之中也。安于小官,不慕荣达,策之下也。"明代吕坤《孝睦房训辞》亦云:"传家两字,曰读与耕。兴家两字,曰俭与勤。"可见那时的家风多赖耕读。这也是传统农耕社会的表现。但在一代名臣霍韬看来,多让孩子参加劳动,此举可体验农民种田的艰辛,知道一粥一饭皆来之不易。这有助于他们养成戒奢从简、敦厚老实的品性。

古人云:"俭,德之共也;侈,恶之大也。"只有让孩子懂得收获的艰辛,这才知道东西是多么的来之不易,才能加倍珍惜。如今各类游学班虽与此相似,却更多的是强调增广见闻、扩大视野。当然,我们不可能要求孩子去体验种田的艰辛,但也不妨由此体验生活的不易。

"勤俭持家、严禁烟赌、重视教育、尊师重道、诚信做人、敬惜字纸、勤勉不怠",是中国传统社会最常见的理念,其所体现的是中国传统文化的智慧。从霍韬的教育观,我们可以看到明代的文化风貌。

以礼待下① 庞尚鹏②

雇工人及僮仔,除狡猾玩惰斥退外,其余堪用者,必须伺其饮食,察其饥寒,均其劳逸。陶渊明曰:"此亦人子也,可善遇之。"欲得人死力,先结其欢心,其有忠勤可托者,尤宜特加周恤,以示激励。

《庞氏家训》

【注释】

①本篇介绍如何对待下人,选自明代庞尚鹏所著《庞氏家训》。《庞氏家训》包括务本业、考岁用、禁奢靡、严约束、崇厚德、慎典守、端好尚等八篇,在当时及后世,都备受推重。

②庞尚鹏(1524~1580):字少南,号惺庵。广东南海人。明嘉靖三十二年(1553)进士,任江西乐平知县。后升监察御史,奉命到南京、浙江稽核军饷。后朝廷又派他巡按河南,贪官污吏也多闻风逃避。万历八年(1580)卒于家。谥惠敏。著有《百可亭稿》《奏议》《殷鉴录》《行边漫议》《庞氏家训》。

【赏读】

在后世的家训中,多有提到陶渊明对待下人的,庞尚鹏引陶渊明的话说:"此亦人子也,可善遇之。"钟叔河先生对此说:"县令的少爷也好,卑贱的奴仆也好,同样都是人之子,都是人,都应该得到顾惜。这就是平等的观念,人道主义的观念。"古人也有过

"人不独亲其亲,不独子其子"的理想,但能于家居日用中贯彻实行,又以亲切慈祥的口气说出来,便和在庙堂之上说什么"天下黎元皆吾赤子"完全不同。

明代的归有光在《先妣事略》中云:"遇僮奴有恩,虽至棰楚,皆不忍有后言。"此说,当与陶渊明相似。尽管僮仆是仆人,但也不是主人家的私产。庞尚鹏认为:"欲得人死力,先结其欢心,其有忠勤可托者,尤宜特加周恤,以示激励。"有意思的是,在现代社会,官场上常常把下属当作奴仆,由此引发的人际关系混乱,结果自然是害人害己。与此相比,陶渊明、庞尚鹏等等,可谓是古之仁者了。

示儿书① 褚人获

潞安②任复庵环③,以同知御倭,昼夜力战。遍身书姓名。曰:"死绥职也④。为二亲记此发肤。"尝见其示儿书云:

儿辈莫愁,人生自有定数,恶滋味尝些也有受用,苦海中未必不是极乐国也。读书孝亲,毋贻父母之忧,便是长聚首,亦奚必一堂哉?我儿千言万语,絮絮叨叨,只是教我回衙,何风云气少,儿女情多?倭贼流毒,多少百姓不得安家,尔老子领兵诛讨,啮毡裹革⑤,此其时也。安能作楚囚对尔等相泣闱闼间耶?

此后时事不知如何,幸而承平,父子享太平之乐,期作好人。不幸而有意外之变,只有臣死忠,妻死节,子死孝,咬紧牙关,大家成就一个"是"而已。汝母前可以此言告之,不必多话。

四月廿四太仓城西伏枕书。

《坚瓠集》

【注释】

①本篇选自《坚瓠集》。《坚瓠集》是明末清初文学家褚人获的一部史料笔记,于典章制度、人物事迹、诗词艺术、社会琐闻,无所不记,尤以明清轶事为多。

嘉靖三十三年(1554)倭寇入侵,任环受命在苏州、松江一带抗击倭寇。他身先士卒、作战勇猛。曾在身上自书姓名，以便战死后便于认尸收葬。在一次战斗中，身上多处受伤。他的儿子写信劝他回衙门休养，他给儿子写了这样一封回信。

②潞安：府名，治所在今山西长治。

③任复庵环（1519~1558）：即任环，字应乾，号复庵，明长治人。历官广平、沙河、滑县知县、苏州府同知，官至山东右参政。嘉靖三十四年（1555）奋勇率部大破倭寇。嘉靖三十七年（1558）病卒。是明代与戚继光、俞大猷齐名的抗倭爱国将领和民族英雄。著有《山海漫谈》三卷。

④死绥：军败而退，将当死之，称死绥。绥，退军。

⑤啮毡：汉朝苏武出使匈奴，匈奴扣留了他，劝其投降。苏武不屈，于是被囚禁于大窖中，不给饮食。天下大雪，苏武嚼毡毛与雪共咽下去。后用来比喻坚贞不屈。裹革：马革裹尸，比喻英勇作战，不怕流血牺牲。

【赏读】

明代嘉靖年间，朝政腐败，内忧外患日益严重。江南苏州地区由于地处东南沿海，又是物产丰饶的鱼米之乡，一度倭患严重。任环作为苏州府同知，率领军民奋起抗击倭寇，保境护民，竭尽全力，立下不朽的功勋，堪称名副其实的抗倭英雄。

《示儿》之类的家训在历史上也有不少，如陆放翁的名篇《示儿》："死去元知万事空，但悲不见九州同。王师北定中原日，家祭无忘告乃翁。"任环的与此可谓相媲美："倭贼流毒，多少百姓不得安家，尔老子领兵诛讨，啮毡裹革，此其时也。安能作楚囚对尔等相泣闱闼间耶？"说的同样的是爱国情怀。最让人感动的不只是爱国，也还有爱家庭的一面："儿辈莫愁，人生自有定数，恶滋味尝些也有受用，苦海中未必不是极乐国也。"人生的种种滋味，唯有亲自体验到才能知道。这里所包含的既有爱家人的亲切,又有对家人好好生活的殷切期待。一句"此其时也",让我们领略了任环甘愿为大家而舍小家的豪迈气概。

训子 徐 媛[1]

儿年几弱冠[2],懦怯无为,于世情毫不谙练,深为尔忧之。男子昂藏[3]六尺于二仪间[4],不奋发雄飞而挺两翼,日淹岁月,逸居无教,与鸟兽何异?将来奈何为人?慎勿令亲者怜而恶者快!兢兢业业,无怠夙夜,临事须外明于理而内决于心。钻燧之火,可以续朝阳;挥翻之风,可以继屏翳[5]。物固有小而益大,人岂无全用哉?

习业当凝神伫思,戢[6]足纳心,骛精于千仞之颠,游心于八极之表;濬发于巧心,摅藻为春华。应事以精,不畏不成形;造物以神,不患不为器。能尽我道而听天命,庶不愧于父母妻子矣!循此则终身不堕沦落,尚勉之励之,以我言为箴,勿愤愤于衷,勿朦朦于志。

《络纬吟》

【注释】

①徐媛:字小淑,长洲(今江苏苏州)人。明代诗人。约万历前后在世。好吟咏,与陆卿子唱和,吴中士大夫跟从,交口称誉,流传海内,与陆卿子合称为"吴门二大家"。嫁范仲淹后裔范允临为妻,筑室同居天平山下,极唱随之乐。徐媛著有《络纬吟》十二卷。

②弱冠:古代男子二十岁行冠礼,故用以指二十岁左右的年龄。

③昂藏:仪表雄伟、气宇不凡的样子。

④二仪间：也就是天地间。二仪，也叫两仪，指天地。
⑤屏翳：这里当指风神。
⑥戢：收敛。

【赏读】

　　徐媛出身江南的名门望族，其父徐时泰官至太仆寺少卿，她自然非常重视对儿女的教育。她认为男孩应"气质刚强，振翅奋飞，屹立天地之间"，而女孩则应"勤劳针织，善经家务"。但她的大儿子却让她颇为失望和焦虑，他年近弱冠，性情懦弱，一无所成。于是徐媛专门作书训子，希望儿子能发奋成才，免得"亲者怜而恶者快"。

　　在这篇家训中，她勉励儿子立志，不要自暴自弃。微弱的火光，也可以继光照万物的太阳给人温暖；挥扇的微风，也可以继吹拂大地的风解除人的闷热，"物小而益大"。这样的譬喻入情入理，很有说服力。然后她又谈到学习和做事。既要专心致志，又要开拓心胸，事业的成败，虽然不能完全决定于主观意志，但一定要尽力而为，才能无愧于心。这样的见解既能激发人的志气，又是实事求是的。

训子语（节选）① 张履祥

人情乖异，不在乎大，多因积小而成，如干糇之愆②。言语之伤，最足酿隙。若更以小人间之，彼此谗构，遂至不解，故谨言语，接燕好，古人于此盖有深意也。

子弟朴钝者不足忧，惟聪慧者可忧耳。自古败亡之人，愚钝者十二三，才智者十七八。盖钝者多是安分小心，敬畏不敢妄作，所以鲜败；若小有才智，举动剽轻，百事无恒，放心肆己而克有终者，罕矣。

子孙以忠信谨慎为先，切戒狎薄；不可顾目前之利而妄他日之害，不可用一时之势而贻数世之忧。

高忠宪公③有言：子弟能知稼穑之艰难，诗书之滋味，名节之提防，则可谓贤子弟矣。归安沈司空④诫子孙曰：故家之子，切戒者三字：曰"臭"、曰"滑"、曰"硬"。时俗憎恶，呼为"粪浸石卵"。子孙类比，宁不痛心？予谓忠宪举其贤者以为劝，司空指其不肖以为戒，语虽不同，其指一也。欲免司空所戒，当佩服忠宪公之言。知诗书滋味，乃免于臭；知稼穑艰难，乃免于硬；知名节提防，乃免于滑。

子弟童稚之年，父母师傅严者，异日多贤；宽者，多至不肖。其严者岂必事事皆当，宽者岂必事事皆非，然贤不肖之分恒于此。严则督责，笞挞之下，有以柔服其血气，收束其身心。诸凡举动，知所顾忌而不敢肆。宽则姑息放纵，长傲恣情，百端过恶皆从此生也。观此则家长执家法以御群众，严君之职不可一日虚矣。

《杨园先生全集》

【注释】

①本篇为明代张履祥写给儿子的家训。张履祥（1611~1674），字考夫，号念芝，又号杨园。浙江桐乡人，世居杨园村，故学者称杨园先生。明末清初著名理学家，清初朱子学的倡导者。

②干糇（hóu）之愆：《诗·小雅·伐木》："民之失德，干糇之愆。"高亨注："干糇即干粮。这里用以代表普通的食品。"

③高忠宪公：即高攀龙，字存之，谥忠宪。江苏无锡人，世称景逸先生。明朝政治家、思想家，东林党领袖。

④沈司空：即沈敬介，字叔永，号泰坦。明代人，万历进士，曾任工部尚书。工部尚书别称司空。

【赏读】

桐乡文风鼎盛，当地人颇为重视教育。张履祥九岁丧父，母沈孺人教导说："孔孟亦两家无父儿，只因有志，便做到圣贤。"张履祥益自勉自爱，刻苦攻读。有了这样的经历，张履祥自然对教育有发言权。

长居乡间的张履祥后来在《补农书》的跋中说："予学稼数年，咨访得失，颇识其端。"这跟他教育实践有关。"子弟童稚之年，父母师傅严者，异日多贤；宽者，多至不肖。"实则是严宽相济的教育结合，才能使人茁壮成长。张履祥的教育的不是成功学，而是"贤"，这跟他坚守的朱子学相关，也就决定了他的教育态度与普通的私塾迥异。

在众多教育理论中，张履祥认为，快乐中学习，如此才能滴水穿石，教育的功效也就体现在这里。

忠信传家① 温璜②

汝大父③赤贫，曾借朱姓者二十金，卖米以糊口。逾年朱姓者病且笃，朱为两槐公纪纲④，不敢以私债使闻主人，旁人私幸以为可负也。时大父正客姑熟，偶得朱信，星夜赶归，不至家，竟持前欠本利至朱姓处。朱已不能言，大父徐徐出所持银，告之曰："前欠一一具奉，乞看过收明。"朱姓忽蹶起颂言曰："世上有如君忠信人哉？吾口眼闭矣。愿君世世生贤子孙。"言已气绝。大父遂哭别而归。家人询知其还欠，或骇之⑤。大父曰："吾故骇。所以不到家者，恐为汝辈所惑也。"如此盛德，汝曹可不书绅⑥?!

《温氏母训》

【注释】

①本篇记明代温璜母教子忠信事，选自《温氏母训》。《温氏母训》是明朝末年的贤者温璜先生记录他的母亲陆氏的教诲，编订而成的。内容包括祖业的守成、家道的维系、女德的训言、子女的教育等等。《温氏母训》来源于温母贞良的节操与人生深厚的阅历，富含了修身齐家的深远智慧。

②温璜（1585~1645）：初名以介，字于石，浙江乌程（今湖州）人。崇祯末科进士。官至徽州府推官。清军攻破南京后，温璜率民兵自守，徽州城陷落，自刎殉国。

③大父：祖父。

④纪纲：管理一家事务的仆人。

⑤或骃(ái)之：有的人认为他傻。骃，不慧，愚蠢。

⑥书绅：把要牢记的话写在绅带上。语本《论语·卫灵公》："子张书诸绅。"邢昺疏："绅，大带也。子张以孔子之言书之绅带，意其佩服无忽忘也。"后亦称牢记他人的话为书绅。

【赏读】

这是个关于忠信的故事。忠信，在中国的历史中普遍存在。而在现代社会中，也不妨解读为契约精神。温璜祖父的做法在急功近利的人看来，多少有点愚笨，既然对方马上要去世了，还不还账那就看是否有人记得这事没有。按通常的国人思维，倘若没有证据，大可以赖账的。但他居然去还账。这种精神是不会因时间地点转移而"健忘"的。这也是千百年来中国人最为朴素的忠信思想，甚至被上升到道德层面。"轻千乘之国，而重一言之信"，你看，在今天有多少人可以达到这样的高度？

我们当然回不到温璜所处的农耕时代，在工业文明时代，忠信更多的是对契约的遵守。这有时候比单纯的口头承诺更为靠谱，即"言必忠信，行必笃敬"。又，《说文》中解释："信，诚也。""诚，信也。"这看似简单的小事，却正显示出一个人的品性。

古人十分注意一个人的品性的培养。品性差的人可能做事不择手段，以获取最终的胜利为目的，而品性好的人则会以常识看待世界，宁可天下人负我，而我不负天下人。

谕儿书（节选） 吴汝纶[①]

忍让为居家美德。不闻孟子之言，三自反乎[②]？若必以相争为胜，乃是大愚不灵，自寻烦恼。人生在世，安得与我同心者相与共处乎？凡遇不易处之境，皆能长学问识见。孟子"生于忧患"、"存乎疢疾"，皆至言也。

凡为官者，子孙往往无德，以习于骄恣浇薄故也。吾昨闻汝骂苓姐，说伯父不配作官，汝父作官有钱，欲逐出苓姐，不令食汝父之钱等语，伤天伦，灭人理，莫此为甚。世人常说长兄当父，长嫂当母。子有钱财，当归于父，弟有钱财，当归于兄，吾与尔伯父终身未尝分异，岂有分别尔我有无之理！伯父在时，吾不能事之如父，今亡已八年，不可再见矣，吾常痛心，故令汝兼继伯父，望汝读书明道理。岂知汝幼稚之年，居心发言，已如此骄恣浇薄哉！伯父才学十倍胜我，其未仕，乃命也，何不配之有！作官之钱皆取之百姓，非好钱也，故好官必不爱钱。吾虽无德，岂愿以此等钱豢养汝曹，私妻子哉！兄弟之子，古称犹子，言与子无异。苓姐，吾兄之子也，与汝何异。我若独私汝，逐苓姐，不与食，尚为非人，况汝耶！且汝亦为伯父继子，若尽逐诸侄，则汝亦在当逐之内矣。凡为人，先从孝友[③]起。孝不但敬爱生父，凡伯父、叔父，皆当敬爱之，不但敬爱生母，凡嫡母、继母、伯母、叔母，皆当敬爱之，乃谓之孝友。则同父之兄弟姊妹，同祖之兄弟姊妹，同曾祖、高祖之兄弟姊妹，皆当和让，此乃古人所谓亲九族④也。读书不知此,用书何为!童幼有时争言,吾亦不禁,独令人伤心之言,不得出诸口。较量钱财有无,悖理行私之事,不可存于心。将吾此书熟读牢记,以防再犯,并令诸兄弟姊妹各写一通。

《桐城吴先生全书》

【注释】

①吴汝纶(1840~1903):字挚甫,一字挚父,安徽桐城(今枞阳)人,晚清文学家、教育家。曾先后任曾国藩、李鸿章幕僚及深州、冀州知州,长期主讲莲池书院,晚年被任命为京师大学堂总教习,并创办桐城学堂。与马其昶同为桐城派后期主要代表作家。其主要著作有《吴挚甫文集》四卷、《诗集》一卷、《吴挚甫尺牍》七卷、《深州风土记》二十二卷、《东游丛录》四卷等。

②"不闻"二句:指《孟子·离娄下》"其待我以横逆,则君子必自反也"一段,其意为"横逆"之人对我不敬,那么君子一定要反躬自问是否自己不仁、无礼、不忠。

③孝友:孝敬父母,友爱兄长。

④九族:泛指亲属。但"九族"所指,诸说不同。九族一说的出现,与封建社会的刑法制度有很大关系。

【赏读】

在中国传统文化里,忍是一种孕育中的力量,似丰满小山的优美弧线,其性韧,不断不裂,刚中兼柔,充满阳刚之气又阴柔宜人。

忍让是古人的必修课。如何做才是最好的忍让?《尚书大传·大战篇》载太公云:"骂汝毋叹,唾汝毋干。"这正如《圣经》所言:"有人打你的左脸,你就把右脸接着给他打。"其意所强调的不是要我们去爱人的恶行,乃是爱有恶习的人;我们的忍让并非姑息迁就,乃是要用爱心去感动对方弃恶从善。

吴汝纶深谙忍让的个中哲理,所以,他在《谕儿书》中首先告诫儿子吴闿生要以忍让治家,引用孟子"三自反"的典故教育儿子要经常反省自己的行为是否有失,而不能"以相争为胜"。常言道,百人百性,人之一生相处的怎能都是与自己心志相同的人呢?这是十分浅显而又深奥的话语,耐人咀嚼。以此教子,若子女切实遵守实践,当然不会犯大错误。

父慈子孝,兄弟和睦,这是中国家庭的优秀传统,在吴汝纶身上体现得更为明显。他的兄长去世很早,一大家人的生计都需要他来负担,他不得不常年漂泊在外,客居幕府,以微薄的俸禄来补贴家用,奉养一大家人。吴闿生年少时,曾说看不起自己伯父、要赶走堂姐的话,被吴汝纶狠狠地痛骂"伤天伦,灭人理,莫此为甚"。作为一个传统的知识分子,吴汝纶继承了中国古代重视家庭教育的传统,其子受他影响很深。身为吴氏独子的吴闿生,立身处世也是以孝悌为先,日后亦不辜负其父的教育和栽培,成为民国时期精通西学的著名学者。

卷四

学海无涯

断织教子① 《列女传》

孟子之少也,既学而归,孟母方绩②,问曰:"学何所至矣?"孟子曰:"自若③也。"孟母以刀断其织。孟子惧而问其故,孟母曰:"子之废学,若吾断斯织也。夫君子学以立名,问则广知,是以居则安宁,动则远害。今而废之,是不免于厮役④,而无以离于祸患也。何以异于织绩而食⑤,中道废而不为,宁能衣其夫子,而长不乏粮食哉!女则废其所食,男则堕于修德,不为窃盗,则为虏役矣。"孟子惧,旦夕勤学不息,师事子思⑤,遂成天下之名儒。君子谓孟母知为人母之道矣。

《列女传》

【注释】

①本篇讲述孟轲母亲的断织教子故事,选自刘向《列女传》。《列女传》是一部介绍中国古代妇女事迹的传记性史书。

②绩:把麻纤维披开再接续起来搓成线。这里指织布。

③自若:一如既往,依然如故。

④厮役:指服贱役的人。

⑤织绩而食:依靠织布为生。

⑥子思:孔子的嫡孙、孔鲤的儿子,春秋时期著名的思想家。孔子的思想学说由曾参传子思,子思再传孟子,后人把子思、孟子

并称为思孟学派。

【赏读】

在这篇文章中,孟母用织布来比喻学习,用断织来比喻废学,很有说服力。孟子对学习漫不经心,孟母采取"断织"的措施,使孟子受到极大的刺激,从而改变"废学"积习。很显然,孟子后来成为一个闻名天下的大儒,同他母亲的教育是分不开的。

教育的目的无非是如苏格拉底所言"认识你自己"。周国平说,这里有三层涵义:其一,人要有自知之明;其二,每个人身上都藏着世界的秘密,因此,都可以通过认识自己来认识世界;其三,每个人都是一个独一无二的个体,都应该认识自己独特的禀赋和价值,从而实现自我,真正成为自己。孟母的教育方式与此说大致是一致的。

这个故事告诉我们:学习必须全神贯注,专心致志,否则将半途而废;父母教育孩子要采取适当的方法,言传身教事半功倍。

手敕太子① 刘 邦

吾遭乱世,当秦禁学②,自喜,谓读书无益。洎践阼以来③,时方省书④,乃使人知作者之意。追思昔所行,多不是。

尧舜不以天下与子而与他人,此非为不惜天下,但子不中立耳。人有好牛马尚惜,况天下耶。吾以尔是元子⑤,早有立意,群臣咸称汝友四皓⑥,吾所不能致,而为汝来,为可任大事也。今定汝为嗣。

吾生不学书,但读书问字而遂知耳。以此故不大工,然亦足自辞解⑦。今视汝书犹不如吾。汝可勤学习。每上疏⑧宜自书,勿使人也。

《全上古三代秦汉三国六朝文》

【注释】

①本篇是汉高祖刘邦病危时写给儿子刘盈的一封敕书。刘邦(前256~前195),沛丰邑中阳里(今属徐州丰县)人,汉朝开国皇帝,汉民族和汉文化的开拓者之一,中国历史上杰出的政治家,卓越的战略家和指挥家。

②当秦禁学:正值秦朝禁绝百家之学。

③洎践阼以来:自登皇帝位以来。洎,及,到。践阼,踏上帝位,即登基。

④省书:看书。省,察看。

⑤元子:嫡长子。

⑥四皓：指秦末隐居商山的东园公、夏黄公、甪里先生、绮里季。四人须眉皆白，故称商山四皓。高祖召，不应。后高祖欲废太子，吕后用张良计，迎四皓，使辅太子。高祖以太子羽翼已成，乃消除改立太子之意。

⑦辞解：以言辞为自己辩解。

⑧上疏：呈上的奏疏、奏议。

【赏读】

　　人为什么要读书？要求取新知，并不是为了体现人比其他动物更高等，而是在现实社会里有着更多的现实价值。简言之，你没有正确的价值观，就不能判定周围的事物，且给人正确的认识。读书就在于明辨是非曲直，这才能为人处事方面做到游刃有余。按道理讲，像刘邦这样的皇帝，既然天下都是自家的，哪怕子孙不学无术，也不会担心日后的生活吧。但刘邦却告诫儿子，在一番忆苦思甜之后，我们知道，刘邦的经历很复杂，在看似无赖的人格中，透出的既有狡黠的一面，也有智慧的一面。

　　这篇敕书是刘邦的经验之谈。天下大乱，生存需智慧，行军打仗尤其是，那么，管理国家也是需有相应的知识储备，才有可能将国家管得井井有条。刘邦以自己的经验来看，既有实践，又有真知，这些都是人生的范本。

　　古来的明君似乎都偏重于家庭教育，鼓励子弟在学习的道路上探险，从而积累下一生受用的财富。反之，在昏君看来，更着重于个人的吃喝玩乐，固然是江山重要，也不肯舍弃美酒美人的。得与失，事大事小，也需从长考虑的。多读读书吧！刘邦的这番话，在今天看来，仍有其价值所在。

与子琳书　孔臧[①]

　　顷来闻汝与诸友讲肄书传[②]，孜孜昼夜，衎衎不怠[③]。善矣，人之进道，惟问其志，取必以渐[④]，勤则得多。山霤[⑤]至柔，石为之穿；蝎虫至弱，木为之弊。夫霤非石之凿，蝎非木之钻，然而能以微脆之形，陷坚刚之体，岂非积渐之致乎！训[⑥]曰：徒学知之未可多，履而行之乃足佳。故学者所以饰百行也。侍中子国[⑦]，明达渊博，雅学绝伦，言不及利，行不欺名，动遵礼法，少小长操。故虽与群臣并参侍，见待崇礼不供亵事，独得掌御唾壶，朝廷之士，莫不荣之。此汝亲所见。《诗》不云乎？"毋念尔祖，聿修厥德。"又曰："操斧伐柯，其则不远。"远则尼父[⑧]，近则子国，于以立身，其庶矣乎。

《戒子通录》

【注释】

①孔臧（约前201~约前123）：孔子第十世孙，西汉著名古文学家孔安国的堂兄，武帝时官至太常卿，在官数年卒。孔臧著书十篇，今不存；又有赋二十篇，亦不传。

②讲肄书传：晋葛洪《抱朴子·安贫》："夫士以《三坟》为金玉，《五典》为琴筝，讲肄为钟鼓，百家为笙簧。"肄，学习，练习，研究。书传，古代典籍。

③衎衎（kàn kàn）不怠：喜欢学习，乐此不疲。衎衎，和乐，快乐。

④以渐：按照循序渐进的方式。以，按照；渐，循序渐进。

⑤山霤（liù）：山坡奔泻而下的水。霤，屋檐上滴下的水，也指高处流向低处的水。

⑥训：古代先生遗典。

⑦子国：指代孔安国。

⑧尼父：指代孔子。

【赏读】

　　孔臧十分重视对子女的教育，其子孔琳在其指导下，博学而多闻。此家书用生动的比喻，阐明读书贵在有恒，言简意赅，精辟具理，读来亲切而有说服力，在古人的家书中，独树一帜。在这封家书中，孔臧主要是告诫儿子：一是要坚持不懈，持之以恒；二是要学用结合，不仅要学而知之，更要履而行之；三是要有远大志向，恢宏孔氏家族事业。孔氏家族有许多圣贤之人，他要求儿子要远学孔子，近学孔安国，以圣人贤者为榜样。不要因孔氏家族的光荣历史而止步不前，而要修身力行，为这个家族的历史增添新的荣光。

　　预防教育也是常识教育。这在现代教育中也是普遍现象。有不少的家长教育孩子，往往是在发现有过失的时候，才加以训斥。而孔臧却是在得知儿子孔琳与同学一道讲习书传，异常勤苦时，便及时写信表示赞赏，并予以勉励。这种教育方法应当是大力倡导的。这也是古人所说的"数子十过，不如奖子一长"的意思。

　　古人有云："道德传家，十代以上，耕读传家次之，诗书传家又次之，富贵传家，不过三代。"大多数的中国人是有现实情结的，常常是富贵传家，以为如此就可以保障子孙衣食无忧。岂不知这反而助长了子孙不学无术的可能。倒是道德传家更为持久，其原因何在？就在于有敬畏之心，在日常生活中修行，时常检点自己的言行。孔臧对此感同身受，他从自身的经验出发，指导儿子学习，十分难得。

诫子书① 王 修

自汝行之后,恨恨不乐,何者,我实老矣,所恃汝等也,皆不在目前,意遑遑②也。

人之居世,忽去便过,日月可爱也!故禹不爱尺璧而爱寸阴③,时过不还,若年大不可少也,欲汝早之,未必读书,并学作人,汝今逾郡县、越山河、离兄弟、去妻子者④,欲令见举动之宜,效高人远节,闻一举三,志在善人⑤。左右不可不慎,善否之要,在此际也。行止与人,务在饶之。言思乃出,行详乃动,皆用情实道理,违斯败矣。

父欲令子善,唯不能杀身,其余无惜也⑥。

《全后汉文》

【注释】

①本篇系东汉王修写给在外求学的儿子的家书。王修,字叔治,生卒年不详。北海郡营陵(今山东昌乐)人,先后侍奉孔融、袁谭、曹操。为人正直,治理地方时抑制豪强、赏罚分明,深得百姓爱戴,官至大司农郎中令。

②意遑遑(huáng):感觉惶恐不安。遑遑,惊恐匆忙、心神不定的样子。

③故禹不爱尺璧而爱寸阴:所以大禹不喜欢珍宝而珍惜很短的时间。禹,史称"大禹",为夏后氏首领、夏朝开国君王,也是古代的贤君。

④"汝今"句：你如今离乡背井，跋山涉水，离别弟弟，抛妻离子出外访学。

⑤善人：这里指做一个道德高尚的人。

⑥"唯不能"二句：除了不能牺牲自己生命以外，其余都在所不惜。

【赏读】

三国的故事多有耐人寻味之处，也不乏有名的贤士。王修就是这众多贤士当中的一位。他为人纯孝又廉洁自律，对外重承诺，忠于职守，不畏强暴，敢于担当。他七岁丧母，母亲去世的那天正好是"社日"。第二年的社日，邻里们正在欢度社日，王修怀念母亲，哭泣甚哀，邻里闻之，为之罢社。因此被郡县举荐为"孝廉"，并留下"王修辍社"的成语。

教育子女诚然是大事，王修在家训中，要子女珍惜时光，不光是要读好书，并且要学做人。将做人、品格操守放在第一位，这可见王修的远见卓识。至于如何做人，一方面要学习道德高尚的人的远大节操，而且能够举一反三；另一方面要付诸实践："言思乃出，行详乃动，皆用情实道理"。教育最终成效好不好，还要看结果。在王修的言传身教下，他的儿子们也都终成大器，其子王忠官至东莱太守、散骑常侍。王基还是孩子时王修就觉得他不同寻常，所以《三国志》的作者陈寿在为王修立传时，不仅称赞他的品德操守，还夸奖他重视子女的教育，了解孩子，知人善任："修识高柔于弱冠，异王基于幼童，终皆远至，世称其知人。"

幼训（节选）① 王 褒

陶士衡②曰："昔大禹不吝尺璧而重寸阴。"文士何不诵书，武士何不马射？若乃玄冬修夜③，朱明永日④，肃其居处，崇其墙仞，门无糅杂，坐阙号呶⑤。以之求学，则仲尼之门人也；以之为文，则贾生之升堂也⑥。古者盘盂有铭，几杖有诫，进退循焉，俯仰观焉。文王之诗曰："靡不有初，鲜克有终⑦。"立身行道，终始若一。"造次必于是"⑧，君子之言欤？

……吾始乎幼学，及于知命，既崇周、孔之教，兼循老、释之谈，江左以来，斯业不坠，汝能修之，吾之志也。

《梁书》

【注释】

①《幼训》是王褒用来训诫其子的，保存下来的只有一章。王褒（约513~576），字子渊，琅邪临沂（今属山东）人，南北朝文学家。东晋宰相王导之后，曾祖王俭、祖王骞、父王规，俱有重名。妻子为梁武帝之弟鄱阳王萧恢之女。

②陶士衡：即陶侃。东晋时为征西大将军，荆、江二州刺史。

③玄冬：冬日。修：长。冬季夜长，所以称为修夜。

④朱明：古代称夏季为朱明。永日：夏季昼长，所以称永日。

⑤号呶（náo）：呼号喧哗。

⑥贾生：即贾谊。西汉政治家、文学家。升堂：语出《论语·先进》："子曰：'由也升堂矣，未入于室也。'"用于赞扬在学问或

技能方面有较深造诣的人。

⑦靡不有初，鲜克有终：语见《诗经·大雅》，王褒指为《文王》篇，是错误的。靡，无；鲜，少；克，能。

⑧造次必于是：语见《论语·里仁》："君子无终食之间违仁，造次必于是，颠沛必于是。"造次，急遽，匆忙。

【赏读】

两晋南北朝时期，社会动荡不安，官学兴废无时，教育的任务主要由家庭来承担。所以这一时期的不少大家族为立身免祸、传家保国，都很重视对子弟的训导，这也就使中国的家训文化日趋成熟。明人张一桂在《颜氏家训》序中说即为证明："迨夫王路陵夷，礼教残阙，悖德覆行者接踵于世；于是为之亲者，恐恐然虑教敕之亡素，其后人或纳于邪也，始丁宁伤诫，而家训所由作矣。"

在这篇《幼训》中，学者王褒以大禹不吝惜玉璧而珍惜短暂的光阴，来教育他的子孙要珍惜时间，努力学习，善始善终完成学业。诚然，人生天地间，造物者赐予数十年乃至上百年的时间，看似漫长，其实如白驹过隙，眨眼即逝。如果不珍惜时间，恐怕是难有所成。

王褒本人就是善于学习的人，因之对此颇有心得。他认为，学习要坚持不懈，如同文士诵书，武士马射。其次就是为人处世，立身行道，要有始有终，始终如一。关于王褒的为人，《周书》称："识量渊通，志怀沉静。美风仪，善谈笑，博览史传，尤工属文。"

这里还引用了"靡不有初，鲜克有终"一句，说的"不是没有好的开始，而是很少有善终"。不仅批评那些有始无终、半途而废、消磨时光的人，也在教育孩子从善如流、勤奋做事、始终如一、诚实做人。这样的视野在当时算是比较少见的吧。穿越历史时空的对比，王褒的家庭教育值得重视和借鉴。

诫当阳公大心书^①　萧　纲^②

汝年时尚幼，所阙者学也，可久可大，其唯学欤！所以孔丘言："吾尝终日不食，终夜不寝，以思，无益，不如学也^③。"若使墙面而立^④，沐猴而冠^⑤，吾所不取。立身之道，与文章异：立身先须谨重，文章且须放荡^⑥。

《全梁文》

【注释】

①本篇是萧纲写给他第二个儿子萧大心的家书，指出了学习的重要性以及做人作文的问题。大心，字仁恕，萧纲第二子，以皇孙被封为当阳公，后封浔阳王。

②萧纲（503~551）：南北朝时梁代文学家，即南朝梁简文帝，字世缵，南兰陵（治今江苏常州市西北）人。梁武帝第三子。由于长兄萧统早死，他在中大通三年（531）被立为太子。太清三年（549），侯景之乱，梁武帝被囚饿死，萧纲即位，大宝二年（551）为侯景所害。

③语出《论语·卫灵公》，其大意为我曾经整天不吃，整晚不睡地去想，没有益处，不如去学习。

④墙面而立：指面对墙壁，目无所见，比喻不学无术。《尚书·周官》："不学墙面"。孔传："人而不学，其犹正墙面而立。"

⑤沐猴而冠：典出《史记·项羽本纪》："人言楚人沐猴而冠，果然。"比喻虚有其表，形同傀儡，或是讥嘲为人愚鲁无知空有表面。沐猴，即猕猴。

⑥放荡：不受拘束，放恣任性。"文章且须放荡"，《戒子通录》作"文章亦勿放荡"，与"立身先须谨重"同而不异，恰与上文言"立身之道，与文章异"相矛盾，亦与萧纲的诗文风格不一致，今不取。

【赏读】

南北朝属于乱世，如何才能适者生存，多数时候是考验一个人的生存智慧的。但通常来说，在乱世不仅要机智，还需有"实力"，这"实力"就是善于学习的结果。而萧纲认为最重要的是学习能力："可久可大，其唯学欤。"

值得关注的是萧纲论述立身与文章之间的关系："立身之道，与文章异：立身先须谨重，文章且须放荡。"诚为天下至理名言。知堂老人曾在《文章的放荡》中说："这些勉学的话原来也只平常，其特别有意思的却就是为大家所非难的这几句话，我觉得他不但对于文艺有了解，因此也是知道生活的道理的人。"他又说："文人里边我最佩服这行谨重而言放荡的，即非圣人，亦君子也。其次是言行皆谨重或言行皆放荡的，虽属凡夫，却还是狂狷一流。再其次是言谨重而行放荡的，此乃是道地小人，远出谢灵运沈休文之下矣。"

学习之道，看似简单易行，坚持下来却很不容易。这就是凡夫俗子的惰性使然。对普通人而言，倘若不知道学习，岂可咸鱼翻身？

与王若虚论文① 《金史》

其甥王若虚尝学于昂,昂教之曰:"文章工于外而拙于内者,可以惊四筵而不可以适独坐;可以取口称②而不可以得首肯③。"

又云:"文章以意为主,以言语为役,主强而役弱则无令不从。今人往往骄其所役,至跋扈难制。甚者反役其主,虽极辞语之工,而岂文之正哉!"

《金史》

【注释】

①本篇讲述了金代诗人周昂教导其甥王若虚作文事。周昂(?~1211),字德卿,真定(今河北正定)人,王若虚舅父。初任南和主簿,后迁良乡令,入拜监察御史。因诗坐谤讪罪,谪贬东海十余年。起为隆州都军,后复入翰林。周昂的作品以唐代诗人杜甫为法,沉郁苍凉,凝重洗练。王若虚(1174~1243),字从之,号慵夫。金代文学家,入元自称滹南遗老。早年尽力于学,以其舅父周昂和古文家刘中为师。有著作《滹南遗老集》《滹南诗话》等。

②口称:口头称赞。

③首肯:点头同意,指发自内心的赞美。

【赏读】

倘若因为科学技术带来学习的便捷,就忘掉了知识学习中的乐趣，那就有可能陷入伪知识的陷阱当中了。周昂论文章的章法，与今天的孩子面临的问题是多么相似："文章以意为主，以言语为役，主强而役弱则无令不从。今人往往骄其所役，至跋扈难制。甚者反役其主，虽极辞语之工，而岂文之正哉！"在学习的问题上，要注意学习工具的便捷为"役"，其目的在于增长见识，而不是因有如此的便捷，就无须勤奋了。

王若虚亦有《论诗》："文章自得方为贵，衣钵相传岂是真。已觉祖师逊一筹，纷纷法嗣复何人。"诗人论诗，也不只是在单纯聊诗聊文章这等风雅的事，而是就现实生活而言，有着举一反三的样式。简言之，就是在生活中要以知识改变命运，这就取决于要有一个良好的心态，又要有恰当的学习方式，以此来学任何科学，都更容易走向成功。

诲学说① 欧阳修

精藏于晦则明,养神于静则安。晦,所以畜用;静,所以应动。善畜者不竭,善应者无穷。此君子修身治人之术,然性近者得之易也。

勉诸子玉不琢不成器,人不学不知道②。玉之为物,有不变之常,虽不琢以为器,犹不害为玉也。人之性因物则迁,不学则舍君子而小人,可不念哉!

《戒子通录》

【注释】

①本篇是欧阳修给诸子的训诫,又名《诫子书》。他要求诸子不要露才扬己。欧阳修(1007~1072),字永叔,号醉翁、六一居士,汉族,吉州永丰(今江西永丰)人,北宋政治家、文学家,且在政治上负有盛名。因吉州原属庐陵郡,以"庐陵欧阳修"自居。官至翰林学士、枢密副使、参知政事,谥号文忠,世称欧阳文忠公。

②玉不琢不成器,人不学不知道:语出《礼记·学记》。

【赏读】

欧阳修四岁时父亲就去世了,母亲对他的教育很严格。为节减开支,母亲用芦苇、木炭作笔,在土地或沙地上教欧阳修认字。母亲还经常用古人刻苦读书的故事来启发他。很显然,欧阳修从这里汲取了教育理想,在成为文学家之后,就着手思考儿孙的未来。

《诲学说》中欧阳修教导二儿子欧阳奕努力学习,以不断提升自身修养。"玉不琢,不成器;人不学,不知道。"那么,人学不学,才是问题的关键。人不学性质就大不一样,因为"人之性因物则迁",不学"则舍君子而小人"。这也是欧阳修所说的重点。

宇文所安曾说,欧阳修的渊博和睿智,可与英语文学中的塞缪尔·约翰逊相提并论。欧阳修作为学习的受益者,自然对此有独特的认知:与其依靠父母依靠权力,都不如锐意进取,学得一身真本领,这样才能避免人生走弯路。而学习也是未来美好生活的保障。

示季子懋修书① 张居正

汝幼而颖异,初学作文,便知门路,吾尝以汝为千里驹,即相知诸公见者,亦皆动色相贺,曰:"公之诸郎,此最先鸣者也。"乃自癸酉科举之后,忽染一种狂气,不量力而慕古,好矜己而自足,顿失邯郸之步②,遂至匍匐而归。

丙子之春,吾本不欲求试,乃汝诸兄,咸来劝我,谓不宜挫汝锐气,不得已黾勉从之,竟致颠蹶。艺本不佳,于人何尤?然吾窃自幸曰:"天其或者欲厚积而巨发之也。"又意汝必惩再败之耻,而俯首以就矩矱③也。岂知一年之中,愈作愈退,愈激愈颓。以汝为质不敏耶?固未有少而了了,长乃愦愦者;以汝行不力耶?固闻汝终日闭门,手不释卷。乃其所造尔尔,是必志骛于高远,而力疲于兼涉,所谓之楚而北行也!欲图进取,岂不难哉!

夫欲求古匠之芳躅④,又合当世之轨辙,惟有绝世之才者能之,明兴以来,亦不多见。吾昔童稚登科,冒窃盛名,妄谓屈宋班马,了不异人,区区一第,唾手可得,乃弃其本业,而驰骛古典。比及三年,新功未完,旧业已芜,今追忆当时所为,适足以发笑而自点耳。甲辰下第,然后揣己量力,复寻前辙,昼作夜思,殚精毕力,幸而艺成,然亦仅得一第止耳,犹未能掉鞅⑤文场,夺标艺苑也。

今汝之才,未能胜余,乃不俯寻吾之所得,而蹈吾之所失,岂不谬哉!吾家以诗书发迹,平生苦志励行,所以贻则于后人者，自谓不敢后于古之世家名德。固望汝等继志绳武，益加光大，与伊巫⑥之俦，并垂史册耳！岂欲但窃一第，以大吾宗哉！吾诚爱汝之深，望汝之切，不意汝妄自菲薄，而甘为辕下驹⑦也。

今汝既欲我置汝不问，吾自是亦不敢厚责于汝矣！但汝宜加深思，毋甘自弃。假令才质驽下，分不可强；乃才可为而不为，谁之咎与！己则乖谬，而使诿之命耶，惑之甚矣！且如写字一节，吾呶呶谆谆者几年矣，而潦倒差讹，略不少变，斯亦命为之耶？区区小艺，岂磨以岁月乃能工耶？吾言止此矣，汝其思之！

《张文忠公全集》

【注释】

①本篇是张居正写给三子懋修的一封书信，帮助儿子总结科举考试失利的原因。张居正（1525~1582），字叔大，号太岳，幼名张白圭。湖广江陵（今湖北荆州市荆州区）人，时人又称张江陵。明朝中后期政治家、改革家，万历时期的内阁首辅，辅佐万历皇帝朱翊钧开创了"万历新政"，著有《张太岳文集》《书经直解》《帝鉴图说》等。

②邯郸之步：《庄子·秋水》："且子独不闻夫寿陵余子之学行于邯郸与？未得国能，又失其故行矣，直匍匐而归耳。"后来用这个典故比喻模仿别人不到家，连自己原来会的东西也忘掉了。

③矩矱：规矩、法度。矱，尺度。南朝刘勰《文心雕龙·序志》："但言不尽意，圣人所难，识在瓶管，何能矩矱？"

④芳躅：指前贤的遗迹。躅，足迹。

⑤掉鞅：语出《左传·宣公十二年》："吾闻致师者，左射以

鞁，代御执辔，御下两马，掉鞅而还。"杜预注："掉，正也；示闲暇。"鞅，套在马颈上用以驾轭的皮带。本谓驾战车入敌营挑战时，下车整理马脖子上的皮带，以示御术高超，从容有余。后泛指从容驾驭或掌握战斗的主动权，也喻从容显示才华。

⑥伊巫：伊是伊尹，伊姓，名挚，尹是官名，商初大臣。巫是巫咸，商王太戊的大臣。二人都是历史名臣。

⑦辕下驹：典出《史记》卷一〇七《魏其武安侯列传》。指车辕下不惯驾车之幼马，也比喻少见世面器局不大之人。比喻人有畏忌而显得局促不安。驹，幼马。

【赏读】

这封信是在懋修科举失利时写的，张居正认为失利的原因在于"志骛于高远，而力疲于兼涉"，导致"新功未完，旧业已芜"。张居正真像一位先生，仔细分析问题，指出其中的缺憾。

《万历野获编》中说张居正希望儿子们在政治上有所作为。他认为通过科举舞弊，让儿子们顺利进入宦途，就是一条捷径。张居正六个儿子的前三个敬修、嗣修、懋修在他当政时中进士，而且嗣修为榜眼，懋修为状元。这件事表面上盛极一时，其实多有人不服。

万历二年，长子敬修会试落第，张居正一气之下，让那年的进士不得馆选，进不了翰林院，成不了"储相"。而三年过后，他的仲子嗣修高中榜眼，再过三年，敬修成了进士，而老三懋修还中了状元。这种做法令天下士子愤愤不平。其中的是非曲直，历史自有公论。且说在万历五年，张嗣修会试中式后，照程序参加殿试，殿试的主考官是皇帝，而内阁首辅要参加读卷，张居正要求回避，万历帝说，"读卷重要，卿为元辅，秉公进贤，不必回避"，还说了这么一句话："先生大功，朕说不尽，只看顾先生的子孙。"这话说得好听。然而，等到张居正死后，皇帝眼一翻不认账了，就将张居正的几个儿子的官职、科名革除。

张居正为人如何且不说，但就家教而言，还是严格要求的。要说张居正的儿子功名全是作弊得来，应该也是以偏概全不及其余。不管怎样，我们从这封信中还是有所获益的。

训子语[①] 李 诩

郑尚书淡泉公[②]训子履淳[③]曰:"胆欲大,心欲小;智欲圆,行欲方[④]。大志非才不就,大才非学不成[⑤]。学非记诵云尔,当究事所以然,融于心目,如身亲履之,南阳[⑥]一出即相,淮阴[⑦]一出即将,果盖世雄才,皆是平时所学。志士读书当知此。不然,世之能读书能文章不善做官做人者最多也。"

《戒庵老人漫笔》

【注释】

①本篇记郑晓在儿子郑履淳赴任时写的训词,选自明李诩《戒庵老人漫笔》。《戒庵老人漫笔》为明代一本重要的史料笔记著作,内容有典章制度、人物掌故、散文轶事和文学古籍等。

②郑尚书淡泉公:即郑晓(1499~1566):字窒甫,号淡泉,海盐武原镇人。嘉靖二年(1523)进士,授职方主事,著《九边图志》,名噪一时。世宗以郑晓知兵,改右都御史协理戎政,寻拜刑部尚书。嘉靖四十五年去世。隆庆初,赠太子少保,谥端简。

③履淳:郑晓的儿子,字叔初,嘉靖四十年进士,当过刑部主事、尚宝丞。因上疏获罪,下狱,后释为民,明神宗即位,起用为光禄少卿。

④胆欲大,心欲小;智欲圆,行欲方:此句出自《旧唐书·孙思邈传》。胆欲大,心欲小,形容做事要果断而考虑周密。智欲圆,行欲方,形容用智要圆通灵活,行为要方正,不苟且。

⑤ "大志"二句：与诸葛亮《诫子书》中的"非学无以广才，非志无以成学"意思相近。

⑥ 南阳：这里指三顾茅庐前隐居在南阳的诸葛亮。

⑦ 淮阴：指楚汉时期杰出军事家韩信，西汉初年被封为淮阴侯。

【赏读】

　　做人没有通用的法则，照前人的话来说："胆欲大，心欲小；智欲圆，行欲方"，又，胡适说"大胆的假设，小心的求证；认真的做事，严肃的做人"，"有几分证据说几分话，有七分证据不说八分话"，皆与此相通。做人要有智慧，而不是急躁蛮干。这一点古今都是十分认同的观点。

　　教育非小事。多注意从细节观察，给以恰当的指导，这才能取得良好的效果。郑晓是有宽阔视野的人，他教育儿子要重视立志、读书和做人，其中的"大志非才不就，大才非学不成""盖世雄才，皆是平时所学"等语，饱含人生的丰富经验，至今仍有现实的指导意义。

　　明代的家训多家常语，少有只讲大道理的。有人说，心美，万物皆美；有爱，念念慈悲。从郑晓的家训中，我们所感受的是一种爱的力量，是对未来生活的期待。大智者必谦和，大善者必宽容。平常不注意修行，哪里会一下子就取得成功呢？

庭训格言（节选）① 爱新觉罗·玄烨

凡看书不为书所愚始善。即所如董子②所云："风不鸣条，雨不破块③，谓之升平世界。"果使风不鸣条，则万物何以鼓动发生？雨不破块，则田亩如何耕作布种？以此观之，俱系粉饰空文而已。似此者，皆不可信以为真也。

《易》云："日新之谓盛德。"学者一日必进一步，方不虚度时日。大凡世间一技一艺，其始学也不胜其难，似万不可成者，因置而不学，则终无成矣。所以初学贵有决定不移之志，又贵有勇猛精进之心，尤贵有贞常永固④不退转之念。人苟能有决定不移之志，勇猛精进而又贞常永固毫不退转，则凡技艺焉有不成者哉。

凡人学艺，即如百工习业，必始于易，而步步循序渐进焉，心志不可急遽也。《中庸》云："譬如行远，必自迩；譬如登高，必自卑。"之学艺，亦当以此言为训也。

《康熙教子庭训格言》

【注释】

①本篇选自《康熙教子庭训格言》。康熙极为重视教育，留下二百四十六则庭训格言以教育儿辈。

②董子：董仲舒（前179~前104）：汉广川郡（治今河北景县西南）人，西汉思想家、政治家、教育哲学家和今文经学大师。子是对他的尊称。

③风不鸣条,雨不破块:没有大风吹响树枝,没有暴雨伤害农田。比喻社会安定,风调雨顺。

【赏读】

　　康熙所谈的学习之法,于今依然有价值,他以最普通的话语介绍学习,而不是居高临下的训斥:"凡人学艺,即如百工习业,必始于易,而步步循序渐进焉,心志不可急遽也。"简言之,智有大美,唯有学而得之。

　　康熙的教育无疑是成功的。他不仅注重传统文化,也关注西学,向来华传教士学习代数、几何、天文、医学等方面的知识,并颇有著述。正因为有他的开明,才有清代的康乾盛世的出现。柏杨也有与此相似的评论:玄烨大帝,这个中国历史上最英明的君主之一,年轻气壮,有刘邦豁达大度的胸襟和李世民知人善任的智慧。

　　康熙所讲述的道理,简单地说,学习是循序渐进的过程,唯有懂得这个,加以勤勉,才能在学问上懂得更多,所谓知也无涯,正是学习无止境的意思了:"学者一日必进一步,方不虚度时日。"

再谕麟儿① 郑板桥

　　吾壮年好骂人,所骂者都属推廓不开之假斯文。异乎当世恃才傲物者之骂人:动谓人不如我,见乡墨②则骂举人不通,见会墨③则骂进士不通,未入学者,见秀才考卷,则骂秀才不通。既然目空一世,自己之为文,必能远胜于人,讵知实际非特不能胜人,反不如所骂之秀才、举人、进士远甚。所为不反求诸己,徒见他人之不通。自己傲气既长,不肯用功深造,而眼高手低,握管作文,自嫌弗及不通秀才,免得献丑,索性搁笔不为文,于是潦倒终身,永无寸进。

　　余壮年傲气亦盛,而对于胜我者,却肯低首降服。见佳文爱之不肯释手,虽百读不厌。故能侥幸成名。然亦四下乡场始得脱颖而出,亦为傲气所阻也。至今思之,犹如芒刺在背。尔资质钝,赖李师辛苦栽培之力,得以冠年入场,初试原为观场计,李师与我,皆不望尔一试成名,不过有此一度经验,下届入场便老练而不起恐慌。一试不售,奚可即出怨言?只须自知文字不佳,下帷攻苦,既有名师指导,进步较易,苟火到功深,取青紫④易如拾芥矣。细思吾言而方行之,予有厚望焉。

《郑板桥集》

【注释】

①本篇是郑板桥写给儿子的家书,劝诫其为人不可恃才傲物。

郑板桥（1693~1765），原名郑燮，字克柔，号理庵，又号板桥，人称板桥先生，江苏兴化人，祖籍苏州。应科举为康熙秀才，雍正十年举人，乾隆元年（1736）进士。官山东范县、潍县县令。为"扬州八怪"之一，其诗、书、画世称"三绝"，是清代有代表性的文人画家。

②乡墨：准备到省会参加科举考试的读书人。

③会墨：准备到京城参加科举考试的读书人。

④青紫：本为古时公卿绶带之色，因借指高官显爵。

【赏读】

江南风景佳处，人文鼎盛，自有其独到之味。郑板桥的才气学识俱佳，但官场运气实在不佳，所以时常过得穷苦。但他在学问之道上肯钻研，从而留下诸多的诗书画，读他的作品，也是能够感受到他的性情的。

在这封书信里，郑板桥先说壮年的两件事，一是爱骂人，但"所骂者都属推廓不开之假斯文"，这类假斯文人是入不了他的法眼的。二是"傲气"，但"而对于胜我者，却肯低首降服"。这就将他的性情活灵活现地展现了出来。这也是文人所应有的傲骨，但除此之外，还需修养。简言之，做人需有相当的骨气和智慧，从而在人生的路上才能行得端、走得正。郑板桥的家常语，却足以显示出其应有的教育观，让人读罢很是感慨。

壬子七月示道希① 方 苞②

来札称，鲍甥孔学及汝女婿吴生元定、光生大椿学诵益专以悫③，乞言以进之。

夫学非专且悫难，贵先定所祈向耳。己卯之冬，余信宿河间令孙岊山署中。值迎春，部民效伎④于庭。植双竿，系索而横之。有女子年可十四五，缘竿而升，徐步索上，舞且歌，不侧不坠。俄设重案，卧而仰其足，众舁⑤五钧之瓮，以足承，转而运之如丸。良久，然后众擎而下。观者皆色然骇而杂以哗笑，余独闵且惧焉。夫索横与空，猿狙之所不能履也；五钧之瓮，壮夫所难负戴，而弱女以足盘之。盖利重糈⑥而竭其心与力以驯致焉耳，不重可闵乎？

君子之学，所以复其性也，三才万物之理，生而备之，而古圣贤人所以致知力行以尽其性者，具在遗经。循而达之，其知与力可以无所不极。然其事不越人伦日用之常，非如横索而履之与以足运瓮于高空之危且艰也，而有志于斯者则鲜焉。盖谓是非有利于己之私而无可歆羡焉耳。故学诵之专且悫，有以为名与利之阶者矣，有思以文采表见于后世者矣；又其上则欲粗有所立，资以稍检其身，而备世之用焉；又其上，则务复其性者是也。三生者，吾何以进之哉？达吾言而使自审处焉可矣。

《望溪先生文集》

【注释】

①本篇是方苞写给胞兄方舟之子方道希的家书,作者借百戏之危且艰喻文路艰辛,非常可感。

②方苞(1668~1749):字灵皋,亦字凤九,晚年号望溪,亦号南山牧叟。安徽安庆府桐城人。与明末大思想家方以智同属"桂林方氏"大家族。是清代散文家,桐城派散文创始人,与姚鼐、刘大櫆合称桐城三祖。著有《望溪先生文集》十八卷等。

③悫(què):诚实,谨慎。

④效伎:亦作"效技",犹献技。

⑤舁(yú):共同抬东西。

⑥糈:粮食,代指利益。

【赏读】

作为一代散文家,方苞的学问了得。在劝学方面也颇有特色。在《壬子七月示道希》中提出了四种关于学习的态度:进身之阶;炫才后学;聊备世用;复性遗经。前两者为一己之私,不堪推荐;后两者立言、立功,不必推荐。这其实涉及的是修身之道。

方道希是方苞长兄之子,这是方苞写给他的家书。从文章中可看到,老家的外甥鲍孔学和方道希的女婿读书很好,但还是希望方苞作为家族里的长辈勉励几句。方苞开头就说:"学习并不难,难在专心和诚实,重要的是先确定学习的志向。"有时我们将志向与理想、梦想等同起来,实则是误解了这些词语。所以,方苞娓娓而谈,借着百戏之危且艰比喻文路艰辛。

学是为了什么?方苞认为就是修身济世,否则就是假斯文,是违背中国传统文化的。古训云:"穷则独善其身,达则兼济天下。"

这在今天看来，依然是有道理的话，只是多数时候我们谈到现代文化，早把这些常识抛诸脑后了，想来真是可惜。对照方苞的观点，我们自己的修身还是做得不够的，济世就更谈不上了。

为学一首示子侄① 彭端淑②

天下事有难易乎？为之，则难者亦易矣；不为，则易者亦难矣。人之为学有难易乎？学之，则难者亦易矣；不学，则易者亦难矣。

吾资③之昏，不逮人也；吾材之庸，不逮人也；旦旦而学之，久而不怠焉，迄乎成，而亦不知其昏与庸也。吾资之聪，倍人也；吾材之敏，倍人也；屏④弃而不用，其与昏与庸无以异也。圣人之道，卒于鲁⑤也传之。然则昏庸聪敏之用，岂有常哉？

蜀之鄙有二僧：其一贫，其一富。贫者语于富者曰："吾欲之南海⑥，何如？"富者曰："子何恃而往？"曰："吾一瓶一钵足矣。"富者曰："吾数年来欲买舟而下，犹未能也。子何恃而往？"越明年，贫者自南海还，以告富者，富者有惭色。

西蜀之去南海，不知几千里也。僧富者不能至而贫者至焉。人之立志，顾不如蜀鄙之僧哉？是故聪与敏，可恃而不可恃也，自恃其聪与敏而不学者，自败者也。昏与庸，可限而不可限也；不自限其昏与庸而力学不倦者，自力者也。

《白鹤堂诗文集》

【注释】

①本篇写于乾隆九年（1744），是彭端淑为训示族中子侄所作。

②彭端淑（约1699~约1779）：字乐斋，号仪一，眉州丹棱（今属四川）人。清朝官员、文学家，与李调元、张问陶一起被后人并称为"清代四川三才子"。作品有《白鹤堂诗文集》等。

③资：天资，天分。

④屏：同"摒"，除去、排除。

⑤"圣人之道"二句：圣人（孔子）的思想言论，最终是靠天资迟钝的曾参传下来的。鲁，这里指被孔子评价为愚钝的曾参。

⑥南海：指佛教圣地普陀山。

【赏读】

中学时代，就读过这篇《为学》，印象深刻。那时候我们还笑话蜀国的两个和尚到南海去是梦想，穷和尚虽然是穷游族，却实现了愿望，富和尚想的是豪华游，终究没有成行。这当然不是两个和尚的对错问题，而是观念问题。

学海无涯，学与不学，关键是看行动。彭端淑所说的"为之，则难者亦易矣；不为，则易者亦难矣"，正是这个道理。想一想姜淑梅老太太，六十岁才开始识字、摆脱文盲身份，七十岁开始学习写作，结果成了名人；绘画的梵高奶奶亦是，某一天拿起孙女的笔，开始画画，于是就有了我们喜爱的梵高奶奶。

大多数人才智平平，但倘若是努力向前，没有止步，终究是取得成绩大一些。在求学的路上，懈怠的人多，所以多数人还是过平常日子。十里春风，不如你，那是因为你努力了，成就了自己的魅力。尼采有话说："如果你想走到高处，就要使用自己的两条腿！不要让别人把你抬到高处；不要坐在别人的背上和头上。"到底是哲学家，看问题都深刻一些。

鸣机夜课图记（节选）[①]　蒋士铨[②]

铨四龄，母日授四子书[③]数句，苦儿幼不能执笔，乃镂竹枝为丝断之，诘屈作波磔点画[④]，合而成字，抱铨坐膝上教之。既识，即拆去。日训十字，明日令铨持竹丝合所识字，无误乃已。至六龄，始令执笔学书。

记母教铨时，组纫纺绩之具，毕置左右，膝置书，令铨坐膝下读之。母手任操作，口授句读，咿唔之声，与轧轧相间。儿怠，则少加夏楚[⑤]，旋复持儿而泣曰："儿及此不学，我何以见汝父！"至夜分寒甚，母坐于床，拥被覆双足，解衣以胸温儿背，共铨朗诵之；读倦，睡母怀，俄而母摇铨曰："可以醒矣。"铨张目视母面，泪方纵横落，铨亦泣。少间，复令读；鸡鸣，卧焉。诸姨尝谓母曰："妹一儿也，何苦乃尔？"对曰："子众可矣。儿一，不肖，妹何托焉！"

铨九龄，母授以《礼记》《周易》《毛诗》[⑥]，皆成诵；暇更录唐宋人诗，教之为吟哦声。母与铨皆弱而多病。铨每病，母即抱铨行一室中，未尝寝；少痊，辄指壁间诗歌，教儿低吟之以为戏。母有病，铨则坐枕侧不去。母视铨，辄无言而悲。铨亦凄楚依恋，尝问曰："母有忧乎？"曰："然！""然则何以解忧？"曰："儿能背诵所读书，斯解也。"铨诵声琅琅然，争药鼎沸[⑦]。母微笑曰："病少差矣。"由是母有病，铨即持书诵于侧，而病辄能愈。

《忠雅堂集》

【注释】

①本篇是清代学者蒋士铨请南昌老画师为其母画像所写的图记。蒋母重视对孩子的早期教育,课读之严且坚持不懈,终于使儿子成为"江右三大家"之一。

②蒋士铨(1725~1785):字心馀、苕生,号藏园,又号清容居士,晚号定甫。清代戏曲家、文学家。江西铅山人。乾隆二十二年(1757)进士,官翰林院编修。乾隆二十九年辞官后主持蕺山、崇文、安定三书院讲席。精通戏曲,工诗古文,与袁枚、赵翼合称江右三大家。

③四子书:指《四书》,即《大学》《中庸》《论语》《孟子》。

④波磔(zhé)点画:汉字的笔画。波即撇,磔即捺,画即横。

⑤夏(jiǎ)楚:古代扑责之具。《礼记·学记》:"夏楚二物,收其威也。"

⑥《毛诗》:即《诗经》,因为它是毛公所传。

⑦争药鼎沸:(读书声)与熬药的声音争响。

【赏读】

读《鸣机夜课图记》,不免想起童年旧事。那时家贫,读书奢侈,煤油灯下,配以纺线的声音,让人难忘。在这篇文章中,蒋士铨叙说母亲教育自己的经过,读来颇为亲切。蒋母重视对孩子的早期教育,课读之严且坚持不懈,终于使儿子成为"江右三大家"之一。这当然是因教育得法的缘故。王阳明云:"大抵童子之情,乐嬉游而惮拘检,如草木之始萌芽,舒畅之则条达,摧挠之则衰萎。今教童子,必使其趋向鼓舞;心中喜悦,则其进自不能已。"然这其中的苦与乐是相对的概念,唯有实践者才知之。

胡适曾回忆童年时说:"每天天刚亮时,我母亲就把我喊醒,叫我披衣坐起。我从不知道她醒来坐了多久了。她看我清醒了,才对我说昨天我做错了什么事,说错了什么话,要我认错,要我用功读书。有时候她对我说父亲的种种好处,她说:'你总要踏上你老子的脚步。我一生只晓得这一个完全的人,你要学他,不要跌他的股。'她说到伤心处,往往掉下泪来。"这与蒋士铨母亦有相近之处。

致霖儿[①] 左宗棠[②]

阅尔所写请安帖子，字画尚好，心中欢喜。

尔近来读《小学》否？《小学》[③]一书，是圣贤教人作人的样子；尔读一句，须要晓得一句的解，晓得解，就要照样做。古人说：事父母，事君上，事兄长，待昆弟、朋友、夫妇之道，以及洒扫、应对、进退、吃饭、穿衣，均有现成的好样子。口里读着这一句，心里就想着这一句，又看自己能照这样做否？能如古人，就是好人；不能，就不好，就要改，方是会读书，将来可成就一个好子弟。我心里就喜欢者，就是尔能听我教，就是尔的孝。

早眠，早起。读书要眼到：一笔一画莫看错；口到：一字莫含糊；心到：一字莫放过。写字，要端身正坐，要悬大腕，大指节要凸起，五指爪均要用劲，要爱惜笔墨纸，温书，要多遍数想解，读生书要细心听讲。走路，吃饭，穿衣，说话，都要学好样。也有古人的样子，也有今人的样子，拣好的就学。此纸可粘学堂墙壁，日看一遍。

《左宗棠家书》

【注释】

①本篇是晚清重臣左宗棠写给六岁的长子的一封家书。

②左宗棠（1812~1885）：字季高，一字朴存，号湘上农人。晚清重臣、军事家、政治家、湘军将领、洋务派首领。湖南湘阴人。

官至东阁大学士、军机大臣,封二等恪靖侯。

③《小学》:旧时中国的儿童教育读本。宋代朱熹、刘子澄所编,辑录符合封建道德的言行,共六卷,分为内、外篇。

【赏读】

左宗棠出身于书香门第,自小即接受过家训教育。左宗棠不仅自己深受家训文化的影响,在家庭教育上也很强调要晚辈认真学习家训,常引用的教材是《小学》《幼仪》《弟子职》《女诫》等。

作为晚清王朝的"中兴名臣",左宗棠既有赫赫武功,也有文治勋绩。利用家训兴教劝学和化民成俗即是其文治措施的重要内容。同治五年(1866),左宗棠四子均已长大成人。左宗棠为左氏家塾写下一联:"要大门闾,积德累善;是好子弟,耕田读书。"看其后人的为人处世,也当得益于家风流传。左宗棠的后人当官的不多,孙子左念恒做过余杭太守,是个诗人。到了第四代以后,多学者,多名医。从其家族的变化来看,或许我们可以总结一条经验:不羡慕在官场里厮混,只要有智有识,即便是当一个平民百姓,过得也不差。这一点也是当下的教育应该汲取的吧。